中國傳統 經典與解釋

Classici et commentarii

中國傳統 經典與解釋

入其國，其教可知也……其爲人也：溫柔敦厚而不愚，則深於《詩》者也；疏通知遠而不誣，則深於《書》者也；廣博易良而不奢，則深於《樂》者也；絜靜精微而不賊，則深於《易》者也；恭儉莊敬而不煩，則深於《禮》者也；屬辭比事而不亂，則深於《春秋》者也。

——《禮記·經解》

中國傳統　經典與解釋

Classici et commentarii

陳柱集

李爲學 潘林 ◉ 主編

說詩文叢

陳柱 ◉ 著　潘林 吴時鼎 ◉ 校注

華東師範大學出版社

·上海·

華東師範大學出版社六點分社　策劃

古典教育基金·“傳德”資助項目

出版說明

陳柱(1890—1944),字柱尊,號守玄,廣西北流人。師從著名學者唐文治先生,先後任暨南大學、交通大學、中央大學等學校教授。作爲民國時期的國學巨擘,陳柱先生爲學不主一家,不專一體。所著經史子集之屬,遠有所稽,近有所考,明源流本末,辨義理辭章,且多能與現代思想相發明,闡發宏深,實開國學之新境界。“予自志學之年,好治子部……鼎革以後,子學朋興,六藝之言,漸如土苴。余性好矯俗,乃轉而治經”——依其自言,庶幾可見其治學路徑。陳柱“出筆迅速,記憶力和分析能力又强”,且“闡發宏深,切中時勢,鍼砭末俗,激勵人心,入著述之林,足爲吾道光”(唐文治語)。

陳柱先生一生撰述宏富,自 1916 年後的二十餘年間,計成書“百餘種,蓋千餘萬言”。其中以《子二十六論》《公羊家哲學》《老子集訓》《墨學十論》《中國散文史》等書最爲精闢。由於時值戰亂期間等各種原因,陳柱著述生前刊布流通者不過數十種。其餘以講義、家藏刻印等形式所存文稿,大多湮默無聞,實爲學界之憾。現經多方鉤沉,將陳柱生前所刊著述並其家屬所藏文獻,一併編次付梓,依篇幅大小並題旨編成若干卷(同類篇章以篇幅最大者具名,涵括相關短制),以期陳柱學術重光於世。

"陳柱集"編輯構想原由中山大學中文系李榮明教授設計,並查索和複製了不少文獻。因李榮明教授有别的研究專案而擱置,"陳柱集"轉由重慶大學人文社會科學高等研究院古典學研究中心承接校注的組織工作,繼續查索和複製文獻,並得到陳柱先生女兒陈蒲英女士的熱情幫助。對李榮明教授所做的前期工作,以及陈蒲英女士的熱情幫助,謹此致以衷心的感謝。

古典文明研究工作坊
中國典籍編注部己組
2014年2月

目　録

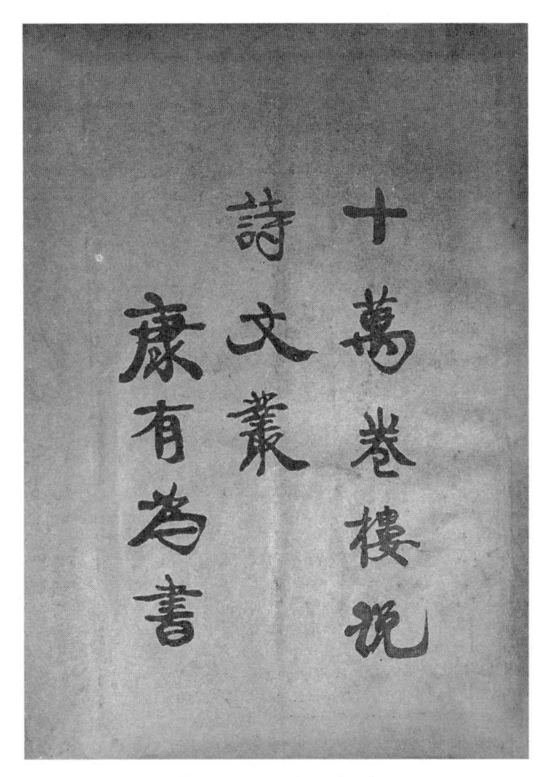

康有爲題名《説詩文叢》書影

陳柱《詩經》學述評(代序)*

孔子云:"温柔敦厚,《詩》教也。"[①]陶冶性情,莫善乎《詩》。六經之中,《詩》教爲先。《論語》之言經者,以《詩經》爲夥;莊子之論六經,以《詩經》爲首。故古來學者治經,無不重《詩經》學。民國時期著名國學家、詩人陳柱(1890—1944)淹貫四部,著作等身,在《詩經》學領域用力頗深,具有很高造詣。

陳柱出身於廣西北流一個書香世家,幼承庭訓,勤勉謹嚴,學《詩》習《禮》,頗窺津涯。相繼師從蘇紹章、陳衍、唐文治等名家,好詩嗜文,爲之益力。陳柱曾言:"予自志學之年,好治子部……鼎革以後,子學朋興,六藝之言,漸如土苴。余性好矯俗,乃轉而治經。"[②]覃研經年,筆耕不輟,終撰就皇皇巨制,而以《詩經》學爲最富。不過,由於陳柱生逢亂世,加之命途多舛,這方面的許多著作未及公開出版,散佚較多,其存世文獻也有待整理利用。迄今爲止,學界尚未有專論陳氏《詩經》學的著作或文章,故

---

* 本文係筆者於 2019 年 11 月初參加"第七屆全國古典學年會"(清華大學新雅書院承辦)提交的論文,後有所修訂。

① 鄭玄注,孔穎達疏,《禮記正義》,上海古籍出版社,2008,頁 1903。

② 陳柱,《定本墨子閒詁補正自叙》,載《學衡》第五十六期,1926。

筆者在鉤稽爬梳其《詩經》學文獻的基礎上，以其傳世的《説詩文叢》《守玄閣詩學》兩部著作爲重點，對其《詩經》學成就略作述評。

因編纂"經典與解釋"叢書《陳柱集》的需要，筆者曾對陳柱的相關文獻進行多方查檢鉤稽。根據《説詩文叢》（上海暨南大學 1930 年版）、《中國學術討論集》第二集（上海群衆圖書公司 1928 年版）所附《三書堂叢書提要》、《待焚文稿》（1933 年刻印本；又載林慶彰主編《民國文集叢刊》第一編，臺中文聽閣圖書有限公司 2008 年影印本）等的記載，陳柱的《詩經》學著作主要有：①《詩經正葩》：1917 年撰，未刊。②《詩經文法讀本》：1917 年撰，未刊。③《詩明》：1919 年撰，未刊。④《守玄閣詩學》：1922 年油印本、臺中文聽閣圖書有限公司《民國時期經學叢書》2013 年影印本。⑤《詩經文選》：撰於 1918—1922 年間，未刊。⑥《國風述學》：1927 年撰，未刊。⑦《説詩文叢》：又稱《十萬卷樓説詩文叢》。該書後收入陳柱經學研究著作《經四十六論》（藍印木刻本，約刻印於 1943 年）。

此外，見諸民國時期期刊的《詩經》學文章主要有：①《詩説》：即《淫詩辨》，載《學衡》第十二期，1922 年 12 月。②《守玄閣詩學序例》：載《華國》第一卷第十一期，1924 年 7 月。③《周公居東辨》：載《國光》第一期，1929 年 1 月。④《國風述學序》：載《國立暨南大學中國語文學系期刊》第二期，1929 年 5 月。⑤《詩之流别》：即《詩派説》，載《學藝》第十卷第一號，1930 年 10 月。⑥《詩經正葩自序》：載《學術世界》第一卷第一期，1935 年 6 月。⑦《守玄閣詩學序》：載《學術世界》第一卷第一期。⑧《詩義論略》：載《上海工業專門學校學生雜誌》第一卷第三期，1916 年。⑨《姚際恒詩經通論述評》：載《東方雜誌》第二十四卷第七號，1927 年。⑩《與李澍先生論詩學書》：載《大夏月刊》1929 年第二期,又載《待焚文稿》。《詩經之倫理觀》:載《大夏月刊》1934年第七期。其中前7篇文章又載《説詩文叢》。

綜上,陳柱的《詩經》學文獻以著作爲主,1917年至1930年間,共撰成《詩經》學著作七部。由於種種原因,其中多數著作未正式出版,迄今亦杳無踪影;惟《守玄閣詩學》和《説詩文叢》因已付印,故能見之於衆。兩書正好是分别集中反映陳柱《詩經》學考據與義理成就的代表作。

根據陳柱《國風述學序》所述,《守玄閣詩學》撰就於1922年,是在《詩經正葩》的基礎上擴充而成。全書一百數十卷,[①]幾乎對《國風》的每首詩都進行了訓釋。除經文之外,共分九個部分:經子集説、《毛詩古序》、三家遺説、附《朱子集傳》、學《詩》耦記、訓詁略録、音韻略説、文學評語、諸家考異。是書規模宏大,陳柱謂"學《詩》之要,大略備矣",[②]其師唐文治稱"古來注《詩》未有之博"。[③]

《説詩文叢》曾作爲《詩經》授課講義,共收入九篇文章,分别是:《删詩説》附《采詩説》、《删詩説下》、《六詩説》、《二〈南説〉》、《淫詩辨》、《駁錢振鍠鄭風説》、《周公居東辨》、《詩派説》、《國風述學序》。該書爲《詩經》通論著作,以探討義理爲主,也有考證訓釋:前六篇着力探究"删《詩》説""采詩説""六詩説""淫詩説"等《詩經》學公案;《周公居東辨》以翔實謹嚴之考辨,試圖還原周公作《鴟鴞》詩之歷史真實;《詩派説》用風、雅、頌三體之説,逐一揭櫫自周末至有唐之詩派分野;《國風述學序》可謂序中有序,集

---

① 按,筆者所見復旦大學圖書館藏油印本、《民國時期經學叢書》影印本《守玄閣詩學》均僅見《國風》部分,且非完帙,兩者合計139卷。

② 陳柱,《國風述學序》,見本書,頁158。

③ 陳柱,《大學生研究國學重要書目及其導言》,載氏著《國學教學論》,中國學術討論社,1926,頁60。

《詩經》學著作序例多篇，其治《詩經》之程途與演變，亦歷歷在焉。《説詩文叢》成書最晚，對前述所有《詩經》學著述均有論述，經修訂後於 1930 年正式付梓。故《説詩文叢》可謂陳柱一部重要的《詩經》學著作，集中反映其《詩經》學思想主張。

總地説來，陳柱肆力《詩經》學二十餘年，著述宏富，成就較爲突出，其考證訓釋和研究具有如下一些特點：

（一）兼羅並包，實事求是

陳柱治《詩經》，主張兼收並蓄，不專一家，不囿一説，“不宜入於偏見”。以《説詩文叢》爲例，“雖以《毛序》爲本，而毛、鄭之迂曲者不敢苟同；雖以宋儒考《序》之説爲非，而解釋之簡明者不敢没其美”。[①] 前人之主“孔子無删《詩》”之説，陳柱力辨之；而“其謂無篇删其章、章删其句者，則當分别論之”。[②] 周公“避位之説”，不取鄭玄，“而有取於汪中”；“誅管、蔡之説，不取汪中，而有取於馬其昶”。[③] ……陳柱有關此類論述甚多，皆可見其《詩經》學之“兼羅並包，總以足資研究者爲主”[④]。

陳柱治學注重考據、詞章、義理兼綜，不偏執一端，如當時學者張爾田所言，“視公之學，以訓詁、聲均爲之基，以義理、詞章爲之幹”。[⑤] 陳柱認爲，“《詩》文古奥，非通訓詁不能明其詞意”。[⑥] 考據訓詁是研究國學不可或缺之功夫，如果這方面功夫不到家，其立論也就顯得蒼白，乃至穿鑿附會。在《姚際恒詩經通論述

① 陳柱，《國風述學序》，見本書，頁 156。

② 陳柱，《删詩説下》，見本書，頁 37。

③ 陳柱，《周公居東辨》，見本書，頁 121。

④ 陳柱，《再答陳隔湖論周禮遷葬嫁殤書》，載氏著《待焚文稿二》，載《民國文集叢刊》第一編 121 册，林慶彰主編，臺中文聽閣圖書有限公司，2008，頁 536。

⑤ 陳柱，《待焚詩稿・贈言録》，中國學術討論社，1929，頁 4a。

⑥ 陳柱，《國風述學序》，見本書，頁 160。

評》一文中,陳柱就認爲“姚氏此書對作《詩》之旨頗有見解,而於考據訓詁則非其所長”,“就其短處觀之,亦可謂根底淺薄,多類浮誇”。[①] 在《守玄閣詩學》這部考據類代表作中,陳柱旁徵博引,辨章考鏡,斷以己見,“采輯之富凡一百八十餘家,辨正古人之説凡千數百條”[②],將考據之學發揮得淋漓盡致。然而陳柱又不拘泥於章句餖飣之學,稱“然則專從事於訓詁考訂之學而在止,則是專以一名一字爲學,而終身爲轎夫也,其可乎?”故後來他又撰《説詩文叢》、《國風通論》(即《國風述學》下篇),着力探討《詩經》學基本問題,體現考據與思辨相結合,以明得失、立己説爲目的。

相對而言,陳柱指斥宋學較多,認爲宋儒説經多空疏之言,不過此僅就其末流而言,程朱亦有博覽可取之處。[③] 至於漢學,則去古未遠,相對較爲徵實可信。陳柱《詩經》學宗《毛序》,蓋以其出自國史、古《序》;但漢儒亦有臆説,毛、鄭等解《詩》亦有迂曲者,因而不可盡信之。

陳柱在答復張爾田論《詩經》的信中,曾言及古今學者治學之偏頗:“不出於彼,則必多出於此,此古學所以俞理而俞亂也。……自以爲客觀,而主觀莫盛焉;自以爲知時,而不知時莫甚焉。”[④]故其治《詩經》力避此弊,“要在平心以求真,既不宜削趾就履,爲古人飭非,亦不宜好奇立異,以駭俗取名”。[⑤] 因而力求實事求是,注重正本清源,進行考辨訓釋,然後論從史出,義理自明,可謂深諳孟子“知人論世”之道。

---

① 陳柱,《姚際恒詩經通論述評》,載《東方雜誌》第二十四卷第七號,1927,頁59。

② 唐文治,《守玄閣詩學敘》,載《國學專刊》第一卷第三期,1926,頁62。

③ 陳柱,《大學校國文教授之方法》,載氏著《國學教學論》,前揭,頁46。

④ 陳柱,《答張孟劬教授論詩經書》,載氏著《待焚文稿二》,前揭,頁575—576。

⑤ 陳柱,《答張孟劬教授論詩經書》,載氏著《待焚文稿二》,前揭,頁575。

（二）經緯結合，博而能約

陳柱的國學研究注重總結研究方法。在所撰《國學教學論》一書中，他指出經緯法是“治一切國學之法”[①]，並將其列爲七條大學國文教授方法之首，着重加以闡述。《説文》云：“經，織也；緯，織横絲也。”經緯本指織物的經綫與緯綫。顧名思義，經緯法是指基於正典與旁參、原典與闡釋之關係而進行的多角度、多視野研究方法。陳柱又舉例説明《詩經》研究中的經緯法：“譬之讀《詩經》，先將《詩經》全文用考證訓詁工夫，博覽古今通人之説，以通其文義，此經法也；後乃分類研究，如文例、方言、風俗、政治等，綜合于一處，用歸納方法以求匯通，此緯法也。”[②]認爲治學要經緯結合：有經無緯，則學無統系；有緯無經，則學無根柢。

與經緯法相應，陳柱還提出博約法。博約之法，始於孔子。《論語・雍也》篇：“子曰：‘君子博學於文，約之以禮。’”可見孔子教人有博約之法。陳柱指出：“博者，可求通大義而止；而約者，非優遊浸潤不爲功。”[③]蓋博約相輔相成，非博則無以爲約，非約則無以爲博。[④] 陳柱認爲治學要明博約，做到專而不歧，博而能約，切忌狹專而孤陋或博而寡要。

據陳柱《國風述學序》所述，自民國七年（1918）以來，其討究《詩經》，經歷四變：

> 第一次蓋專重本文，而欲佐以經子古説，與夫諸本文字異同，及古今批評家言，以通其大義也。曾著《詩經正

---

① 陳柱，《大學生研究國文之方法》，載氏著《國學教學論》，前揭，頁 29。
② 陳柱，《大學生研究國文之方法》，載氏著《國學教學論》，前揭，頁 29。
③ 陳柱，《中學生研究國文之方法》，載氏著《國學教學論》，前揭，頁 8。
④ 陳柱，《國風述學序》，見本書，頁 156。

> 葩》,……第二次則欲明其原流,論其得失,於是乎有《詩明》之作。……第三次則以第一次所整理,而益張大其範圍,名《守玄閣詩學》。……今承大夏大學及中國公學大學部之委,爲諸生講授國學,爰以舊日所獲,重加論定,名曰《國風述學》。分爲上、下兩篇,上篇名曰《國風選釋》。……下篇名曰《國風通論》,範圍則比《詩明》爲小,議論則比《詩明》加詳。[①]

在探究《詩經》過程中,陳柱相繼撰寫了多部相關著作,從中可以體現他所説的經緯與博約之法:《詩經正葩》《守玄閣詩學》《國風選釋》用經法,重考證訓釋,博采衆説,比較異同,以求疏解文句;《詩明》《國風通論》用緯法,則重綜合歸納,明其原流,論其得失,以求通達義理。陳柱治經,必先有校注之作,於文無不周備,此其博也;又有通論之作,以尋繹其要義,此其約也。《詩經正葩》采録周秦之説十七家,而《守玄閣詩學》則采録周秦至近代一百八十餘家,乃由約而博。其後接受其師唐文治的建議,進一步删節整理,並改稱《國風選釋》,終由博返約。[②]

(三) 承緒鼎新,不乏洞見

晚近以來,西學日盛,經學漸成土苴,《詩經》的詮釋與研究逐漸向文學、史學、社會科學領域轉型。陳柱處在新舊時代交替之際,既對新思想、新知識充滿求知欲,又對國故之學深情迷戀,其學術也體現出傳統與現代交匯的特點。總體而言,陳柱的《詩經》學研究路徑比較傾向乾嘉學術,屬於傳統研究範式,但其中已藴含一些現代因素。

---

① 陳柱,《國風述學序》,見本書,頁 149—162。

② 參梁艷青,《陳柱文學思想研究》,人民日報出版社,2016,頁 76。

陳柱繼承並發揚乾嘉學術的優良精神，對《詩經》學進行了較爲全面的探討和梳理，有如下兩個方面的成就較爲突出：

第一，陳柱對"刪《詩》説""采詩説""淫詩説""六詩説""二《南》説"等《詩經》學基本問題進行了深入探討，其論説頗爲精到，至今仍具有較大的參考價值。

陳柱尤其在《説詩文叢》一書中，探討了《詩經》學的諸多基本問題，具有重要的學術價值。正如張爾田所言，"於《三百篇》源流正變之故，闡發綦詳"，"精深醇正，足折疑古惑經家之角"。[①] 在今天看來，其不少學術主張仍然不會過時。

以"刪《詩》説"爲例，從宋代起就分爲主刪《詩》説、非刪《詩》説兩派，雙方争論了八百餘年。"五四"以來，"新派"學者用種種現代學説致力消解《詩經》的"經學性"，非刪《詩》説之風尤甚。陳柱在《刪詩説》一文中，使用内證外證以及經緯法，窮原竟委，條分縷析，最後得出結論："三百篇《詩》之必經孔子所刪，益審矣。"如今學者們更加理性地看待中國傳統經典的價值，看待孔子在中華文明史上的重要地位。著名《詩經》研究專家夏傳才先生指出，"對從各處搜集到的各種傳本，比較鑒别，正樂、語言規範化、去重和編訂"，這已經成爲基本認識。從一定意義上説，"孔子刪《詩》，並無不可"。[②] 此外，《清華簡》等新出土文獻，也在一定程度上印證了"刪《詩》説"。譬如徐正英先生在《詩經學公案再認識》一文中就認爲："2012 年清華簡第三册《周公之琴舞》公布，爲肯定'孔子刪《詩》説'提供了經典實證。"[③]這些都可

---

① 張爾田，載《待焚詩稿二集・贈言録》，陳柱著，《變風變雅樓叢書》刻印本，1933，頁 3a、3b。

② 夏傳才，《詩經學四大公案的現代進展》，載《河北學刊》，1998 年第 1 期，頁 63—64。

③ 參徐正英，《詩經學公案再認識》，載《光明日報》，2016 年 12 月 31 日。

以表明,當年陳柱主張的"删《詩》説"頗具卓識。

又如"淫詩説",自歐陽修斥《静女》爲淫詩而首倡,朱熹繼之,並大張其説,其後多有人信奉其説。陳柱特撰《淫詩辨》《駁鄭風説》兩文,層層設問,逐一辯駁。陳柱亦通外國哲學,甚而用上印度因明學論式,這樣推理縝密,環環相扣,鞭辟入裏,"其思靄然,其辯栗然"。其觀點與同一時代的學者唐蘭所言可謂不謀而合:"《詩》有刺淫之詩,而無淫詩。"[1]是故其友張爾田稱許:"《淫詩辨》《駁鄭風説》兩文,尤爲宏論,不磨嘉著也。"[2]

又如關於風、雅、頌、賦、比、興"六義",《毛序》本義含混,後世衆説紛紜。陳柱精於小學,特撰《六詩説》,從字源上入手,詳加解釋:斷雅本字爲疋,訓爲疏通明暢。頌本字爲額,訓爲形容功德,"以手足形容則爲容,以詩歌形容則爲誦"。[3] 歷來比、興難分,陳柱提出比、興之别,在有意與無意之間:"有意較量,故舉相同之點以爲比;隨觸而發,故語意在通與不通之間。"[4]這些解釋皆能正本清源,切中肯綮,信而有徵,多察人所未察,發人所未發,使《詩序》古義得以昌明。

第二,陳柱對《詩經》進行細緻的疏解,參稽衆説,比較異同,下以己意,考索辨正之功尤深,其解經之作實嘉惠於後世學林。

陳柱秉承乾嘉餘緒,不遺餘力地對《詩經》進行疏解、考辨,撰成《守玄閣詩學》等多部《詩經》考據著作。唐文治曾爲《守玄閣詩學》一書作序,稱其"治《詩》之志蓋可知也。其采輯之富至

---

① 唐蘭,《唐蘭全集》第 1 册《論文集上編一》(1923—1934),上海古籍出版社,2015,頁 17。

② 張爾田,載《待焚詩稿二集・贈言録》,前揭,頁 3b。

③ 陳柱,《六詩説》,見本書,頁 X。

④ 陳柱,《六詩説》,見本書,頁 X。

一百八十餘家，辨正之處至千數百條，非知博而不知約也，所以存歷代《詩》説於不亡也”。[1]《守玄閣詩學》體現了陳柱頗爲精深的考索辨正功夫，並以“采輯之富”著稱，冀以“存歷代《詩》説於不亡”，因而具有較高的學術價值，爲後世學人研習《詩經》提供了重要參考。

陳柱治《詩經》，以《毛序》爲本而尋繹古義，與當時不少“新派”學者反《序》的做法截然不同。陳柱認爲漢儒去聖未遠，師説家法淵源有自，本之於先秦故訓，與“温柔敦厚”之《詩》教相輔相成，顯然無可厚非。漢儒《詩》説已經成爲兩千多年來《詩經》學的重要傳統，完全撇開《毛序》來解《詩經》是不切實際的。“五四”以來的“新派”學者對《毛序》幾乎全盤否定，其實未免矯枉過正。

就《詩經》首篇《關雎》而言，現代學者多將其解讀爲婚戀詩、民間歌謡之類，究非正解，問題在不知《詩經》詮釋有文本義、引申義、借用義。[2] 在逌人采詩之後，經過太史陳詩、孔子删《詩》，《詩三百》便賦予“經學”意涵，人們更爲看重的是其引申義，逐漸取代文本義而成爲詩篇的主要意義或核心意義。[3]《關雎》居《詩》之始，顯然别有深意，漢儒引申詩義，言其美“后妃之德”，體現了夫婦之道的重要性，實關乎王政之興廢。

在《守玄閣詩學》之《關雎》篇中，陳柱援引先秦至近代近三十家《詩》説，通過比較分析，指出“周衰之刺詩”等諸説之不可通。而姚際恒、惠周惕、馬瑞辰、馬其昶“四君之説最爲宏通無

---

① 唐文治，《守玄閣詩學叙》，載《國學專刊》第一卷第三期，前揭，頁 64。

② 魏源《詩古微》曰：“夫《詩》有作《詩》者之心，而又有采《詩》、編《詩》者之心焉。有説《詩》者之義，而又有賦《詩》、引《詩》者之義焉。”與此類似。見《魏源全集》第 1 册，岳麓書社，2004，頁 129。

③ 參袁行霈、徐建委、程蘇東，《詩經國風新注》，中華書局，2018，前言頁 19。

礙”,與《毛序》契合,深得説經之旨。至於《詩》三家有《關雎》爲周衰刺詩之説,似與《毛詩》不同,但陳柱認爲,觀乎魏源之説,“則其所以致異之故甚明”。三家以爲刺詩者,實乃“陳古以刺今”。“刺今”是“據後事以立説”,所陳之古即“后妃之德”。古之所作《關雎》,豈能曰刺詩?陳柱又指出,三家之説《關雎》有言刺者,有不言刺者:如傳習《魯詩》者,杜欽、劉向皆以爲晏朝興刺,而蔡邕不以爲刺;傳習《齊詩》者,班固以爲刺,而焦贛未嘗以爲刺;至於《韓詩》,則《章句》以爲刺,而《外傳》又不以爲刺。由此可以推知,“三家之説,雖有異於毛,而究其本,亦當無大異”。[①]其申毛尤竭力,乃疏通無礙;其解經之用功,亦可見一斑。

陳柱治《詩經》,持論較爲平正公允,不好奇立異,然亦不乏創見。如前述“六詩説”的相關説法,發人之所未見。在此基礎上,創“詩派説”,將風、雅、頌分别解爲言情綺靡、言事通達、形容功德三類,逐一揭櫫自周末至有唐之詩派分野:窮源竟委,頗有洞見,千年詩脉亦歷歷在焉。

陳柱早年曾留學日本,學習工科,後來轉攻文科,學貫四部。故而雖左袒舊學,對新學亦有所會意,注意汲取新思想、新方法,與中國傳統學術相匯通。其治《詩經》視域開闊,取材豐富,乃至於碑銘、石經、敦煌寫本、印度哲學、泰西新學等,亦無不參用之,從一定程度上説,運用了傳世文獻、出土文獻、外國文獻相結合的研究方式,從中可見民國學人貫通古今、融合中西之嘗試。

(四) 注重《詩》教,以匡時弊

陳柱於《詩經》最爲看重者,當是其教化功能,主張經世致

---

① 陳柱,《守玄閣詩學》,載《民國時期經學叢書》第六輯,林慶彰主編,臺中文聽閣圖書有限公司,頁43—47。

用，以匡時弊。陳柱曾撰《詩經之倫理觀》一文，分述詩篇倫理學說之大旨，認爲“孔子之學，最重於倫理”，“《詩經》之於倫理，其關係爲尤切，而感人爲尤深矣，故略而論之，以告世人”。[①] 陳柱有關《詩》教的相關論述，則幾乎見諸其每部《詩經》學著作。陳柱尤汲汲於發明《詩序》古義，闡明《詩》旨，弘揚《詩》教，其原因除《詩經》及其《詩序》等説《詩》體系形成了完整系統的《詩》教理論，[②]從而利於教化外，也與他所處的時代環境相關。陳柱生逢亂世，列强肆虐，綱紀漸廢，“閔人情之暴戾，痛風俗之澆薄”，[③]傷斯文之將墜，乃胸懷學術報國之志，視《詩》學爲“正心、誠意之最切要者”，“頗欲以《詩》教忠厚之道，倡於天下”。[④]

在《説詩文叢》一書中，陳柱弘揚《詩》教尤爲顯著：撰“二《南》説”，以“明古代政治、風俗進化之理”；[⑤]撰“删《詩》説”，以昌聖人空言垂教之旨；撰“淫詩辨”而斥“淫詩説”，以見《詩》道之發乎人情而止乎禮義。所撰《詩明叙》曰：

> 數年以來，訓育學者，嘗以“温柔敦厚”四字化其性情，而導之之道，頗以《詩》教爲重。意者温厚之風一盛，而狙詐之術或可少息，則今日國家之所以紛紛擾擾者，或可以稍止也。[⑥]

陳柱多年治學育人，“以《詩》教爲重”，倡“温柔敦厚”，以使狙詐

---

① 陳柱，《詩經之倫理觀》，載《大夏》第一卷第七期，1934，頁 43、53。

② 參陳桐生《禮化詩學：詩教理論的生成軌迹》，學苑出版社，2009，頁 46—51。

③ 陳柱，《國風述學序》，見本書，頁 154。

④ 陳柱，《國風述學序》，見本書，頁 151。

⑤ 陳柱，《二南説》，見本書，頁 58。

⑥ 陳柱，《國風述學序》，見本書，頁 154。

之術少息，國家紛擾稍止，其借《詩》教以化性情、正人倫、匡時弊之用心，可謂良苦之至。

晚近以來，"新派"學者極力消解《詩經》的"經學"地位，降《詩經》於文學乃至史料，對《詩》教展開猛烈抨擊，是當時中國知識界"全盤西化"的一種客觀反映。但問題是，西方技術文明並不是包治百病的良方；一味地效法西方而擯棄傳統，必然帶來許多社會痼疾，尤其是精神信仰危機。在那個斯文將墜、風俗澆薄的時代，陳柱能够保持頭腦清醒，推崇經典，弘揚《詩》教，以匡時弊，不能不說是頗有遠見之明。

當然，仁者見仁，智者見智，前述陳柱《詩經》學四個方面的特點僅是筆者閱讀之後的點滴體會，恐爲皮相之見，難以切中肯綮。此外，也應當看到其《詩經》學存在一些問題和不足。比如在對待《詩序》的看法上，稍嫌尊之過度，未能突破傳統藩籬；《守玄閣詩學》等著作偏重乾嘉考據路數，文獻徵引過於繁複，從而在一定程度上冲淡了作者的觀點，故唐文治曾委婉指出，作者應由博返約，[①]等等。這些主要還是緣於時代的限制，對此我們也不必苛求。

皮錫瑞曾說，"《詩》比他經尤難明"。[②] 中國經學的最終確立是在漢代，愈往前尋，經學的諸多問題愈艱深難明。陳柱欲存《詩》說於不亡，致力於尋繹《詩經》古義，由《毛序》而上溯古《序》，而國史記載幾近失傳，經子遺説散佚嚴重，其治學之難可想而知。陳柱治《詩經》歷二十餘載，凡四變，終撰成皇皇巨制，雖不能説盡善盡美，然而總體上成就較爲突出，津逮後人良多。當今學人提出"經學再出發"，如何重新理解經學，如何復興經學

---

① 參梁艷青，《陳柱文學思想研究》，前揭，頁 47—48。

② 皮錫瑞，《經學通論・詩經》，載《皮錫瑞全集》第 6 册，中華書局，2015，頁 271。

研究，陳柱在《詩經》學方面運用“大學術觀念”所進行的考索之功、獨斷之學，以及致力於弘揚《詩》教傳統，爲我們提供了有益的借鑒。

潘　林
己亥暮秋識於古工坊

校注説明

陳柱的《説詩文叢》定稿撰成於1930年,隨即由上海暨南大學出版部付梓。封面有康有爲題簽的書名《十萬卷樓説詩文叢》,正文前有自序和後序。此書出版至今,再未見其它版本問世。故後學不揣淺陋,特校注是書,以饗讀者。

本次校注以上述暨南大學版爲底本,並參校前文所述相關期刊論文。兹將校注體例分述如下:

一、全書采用繁體横排,施以現代標點,於難解字詞、人名地名、典章制度等,作簡明注釋。由於原書簡單斷句和新式標點前後混用,並存在一定錯誤,或不盡合現代標點符號用法,故本次校注重新進行標點。原則上,同一内容僅在首次出現時作注,不重復作注。

二、正文用小四號宋體字,原書注釋和校注者新增注釋用小五號宋體字。新增注釋文字較短者,采用隨文夾注形式,外加圓括號(單獨注音除外);文字較長者,則采用脚注形式。

三、爲適應現代排版和閱讀的需要,版式方面作了適當調整。如在原有"獨立引文"基礎上,將長段引文調爲"獨立引文"格式,均使用仿宋五號字;雙行小字注文改爲單行排列;篇幅較長的段落,依文義層次再分段,等等。

四、對於原書未注出處之引文,盡量查詢並注明原始出處。引文即使有虛詞出入或字詞句省略,概加引號,亦不出校記說明。

五、對於底本文字涉及訛、脱、衍、倒者,一般在頁下出校記說明。如有文獻依據,或係明顯錯誤,將正文文字予以校改;如僅爲筆劃小誤,如日曰、戊戍、己巳等之類混淆,則徑改不出校記。

六、凡原書沿用習慣,爲避聖諱、清諱所改字,徑予回改,不出校記。

七、凡原書字迹漫漶而無法辨認者,用"□"表示。

八、異體字一般保持原樣;但如果前後混用且無異義,則統一爲通用字。爲規範起見,將舊字形悉改爲新字形。

九、增列主要參考文獻,附於全書末。

本書由吴時鼎君初步校注,潘林全面釐訂,並撰代序與校注說明。自顧材不稱物,短綆汲深,誠如陳杜尊所言,"其諸謬誤,知所不免,從繩就正,期在君子"。

《説詩文叢》序

予自年十五以後，好詩、賦、駢文。二十左右，兼好古文。自肄業南洋大學[①]，聞唐蔚芝[②]師緒論（言論），耆（同“嗜”）之益篤，爲之益力。以爲文者，當以經子爲本，治經子當先通文字；故先治《説文》《爾雅》之學，以段[③]、郝[④]爲宗。由是而治惠[⑤]、

---

① 南洋大學，今西安交通大學和上海交通大學的前身。奠基於1896年建立的南洋公學，1911年改稱南洋大學堂，後又改稱上海工業專門學校、交通大學等。陳柱於1915年肄業於上海工業專門學校，旋留校任國文教席。

② 唐蔚芝即唐文治（1865—1954），字穎侯，號蔚芝，别號茹經，江蘇太倉人。官至清農工商部尚書，曾任上海高等實業學堂監督、上海工業專門學校校長，創辦私立無錫中學及無錫國學專修館。著有《茹經堂文集》《茹經堂奏疏》《茹經堂自訂年譜》等，編纂有《十三經讀本》等。

③ 段指段玉裁（1735—1815），字若膺，號懋堂，清江蘇金壇人。曾任貴州玉屏、四川巫山等地知縣。師事戴震，長於文字、音韻、訓詁之學。著有《説文解字注》《六書音韻表》《古文尚書撰異》《毛詩故訓傳定本》《經韻樓集》等。

④ 郝指郝懿行（1757—1825），字恂九，號蘭臯，清山東棲霞人。官至户部郎中。長於名物訓詁考據，於《爾雅》用力尤深。著有《爾雅義疏》《山海經箋疏》《春秋説略》《鄭氏禮記箋》《易説》《書説》等。

⑤ 惠指惠棟（1697—1758），字定宇，號松崖。清江蘇吴縣（在今江蘇蘇州）人。承傳家學，尤精於《易》。著有《周易述》《易漢學》《易例》《九經古義》《古文尚書考》《後漢書補注》等。

張[1]之《易》，閻[2]、江[3]之《書》，二陳[4]之《詩》。且以王[5]、俞[6]之書治諸子；而於近人孫詒讓[7]、吴汝綸[8]、王先謙[9]、先慎[10]及劉[11]、章[12]二氏説子之書，亦盡讀之。而尤愛老、莊、韓非、荀子，然皆

---

① 張指張惠言(1761—1802)，原名一鳴，字皋文，號茗柯。清江蘇武進(在今江蘇常州)人。官翰林院編修。精通《易》《禮》，工詞、散文。著有《周易虞氏義》《周易鄭氏義》《周易荀氏九家義》《周易鄭氏荀義》《易緯略義》《易圖條辨》《儀禮圖》《茗柯文編》等。

② 閻指閻若璩(1636—1704)，字百詩，號潛邱，清山西太原人，寓居江蘇淮安。覃研經、史，尤精地理。著有《古文尚書疏證》《四書釋地》《潛丘劄記》等。

③ 江指江聲(1721—1799)，字鱷濤，改字叔澐，號艮庭，清江蘇元和(在今江蘇蘇州)人。惠棟弟子，精小學、經學。著有《尚書集注音疏》《論語質》《六書淺説》《恒星説》等。

④ 二陳指陳啓源、陳奂。陳啓源(？—1689)，字長發，號見桃居士，清江蘇吴江(在今江蘇蘇州)人。著有《毛詩稽古編》《尚書辨略》《讀書偶筆》《存耕堂稿》。陳奂(1786—1863)，字碩甫，號師竹，晚號南園老人，清江蘇長洲(在今江蘇蘇州)人。著有《詩毛氏傳疏》《毛詩説》《釋毛詩音》《鄭氏箋考徵》《三百堂文集》等。

⑤ 王指王念孫(1744—1832)，字懷祖，號石臞，清江蘇高郵人。官至永定河道。受業於戴震，精音韻、文字、訓詁之學。著有《讀書雜誌》《廣雅疏證》等。

⑥ 俞指俞樾(1821—1907)，字蔭甫，號曲園，清末浙江德清人。官至河南學政，主講杭州詁經精舍三十餘年。治經、子、小學，宗法王念孫父子。著有《群經平議》《諸子平議》《古書疑義舉例》等，彙編爲《春在堂全書》。

⑦ 孫詒讓(1848—1908)，字仲容，號籀廎，清浙江瑞安人。官刑部主事。著有《周禮正義》《墨子閒詁》《古籀拾遺》《古籀餘論》《契文舉例》《札迻》等。

⑧ 吴汝綸(1840—1903)，字摯甫，清末安徽桐城人。曾任京師大學堂總教習。宗法桐城派，以文名於時。治學遍及經史子集，著有《易説》《尚書故》《寫定尚書》《夏小正私箋》《深州風土記》《東遊叢録》等，其子輯其著述爲《桐城吴先生全書》。

⑨ 王先謙(1842—1917)，字益吾，號葵園，清末湖南長沙人。官至國子監祭酒。治經重考證，工古文、詞。校刻有《續皇清經解》，著有《詩三家義集疏》《漢書補注》《後漢書集解》《荀子集解》《莊子集解》《虚受堂詩文集》等。

⑩ 王先慎，字慧英，清末湖南長沙人。王先謙堂弟。官藍山縣學訓導，主講濂溪、玉成等書院。著有《韓非子集解》《老子集解》《周易補注》等。

⑪ 劉指劉師培(1884—1919)，一名光漢，字申叔，號左盦，江蘇儀徵人。幼承家學，通文字訓詁之學，宗古文經。又擅駢文。著有《尚書源流考》《古曆管窺》《中國中古文學史講義》《經學教科書》《左盦集》等七十餘種，近人輯爲《劉申叔遺書》。

⑫ 章指章太炎(1869—1936)，初名學乘，字枚叔，後易名炳麟。因仰慕顧炎武，又改名絳，號太炎。浙江餘杭人。精研文字學、聲韻學、經學、諸子學等。著有《春秋左傳讀》《齊物論釋》《新方言》《文始》《訄書》《檢論》《國學論衡》等。近人編有《章太炎全集》。

以學文章爲主。其於經子,雖偶有記述,亦未嘗有意於著書也。

其後講學蒼梧[①],與馮君振心[②]爲詩賦益專,而以餘力從事經子。於《書》有《尚書讀本》,於《易》有《守玄閣易學》,於《詩》有《詩經正葩》及《詩明》,而以《易》學爲最,蓋於義理、考證、詞章三者並重焉。

民國七、八年(1918、1919),復好佛書,治三論(指佛教三論宗所依據之經典,即《中論》《百論》《十二門論》)尤勤,且旁及泰西哲學。以是之故,於經益不能專,不足以與言述注矣。

民國十年(1921),粤軍入桂,戰伐相尋(相繼)。余乃應錫山(江蘇無錫的别稱)唐蔚芝師之召,爲國學館諸生講經,於是專志經及小學。先《説文》,次《毛詩》,次《尚書》,次《周禮》,次《春秋》。乃徧讀《正續皇清經解》[③]及《通志堂》[④]諸書,並益以他家。次第成《説文解字釋要》《守玄閣詩學》《尚書學》《尚書論略》《周禮通論》《公羊家哲學》等,而以《詩學》爲最富。唐先生叙之云:"粤西陳子柱尊,佐余治無錫國學館,以《詩經》教授諸生,著《守玄閣詩學》。既成,問序於余。余授而讀之。采輯之富,凡一百八十餘家。辨正古人之説,凡千數百條。爲書都(總共)一百數十卷。"歎曰:"博矣哉,古未嘗有也,然而要歸於約"云云。雖譽之過當,

① 蒼梧,地名,今廣西梧州舊稱。據劉小雲《陳柱生平及其學術思想研究》所附《陳柱簡譜》載,從1916年8月起,陳柱任廣西梧州中學校長,兼教國文。

② 馮振心即馮振(1897—1983),原名馮汝鐸,字振心,號自然室主人,廣西北流人。曾任無錫國學專修學校(蘇州大學前身之一)教務長兼代理校長,以及廣西師範學院等大學教授。著有《老子通證》《詩詞作法舉隅》《詩詞雜話》《自然室詩稿》《自然室文集》等。

③ 《正續皇清經解》指《皇清經解》《續皇清經解》。《皇清經解》係清道光年間兩廣總督阮元所輯叢書,刊於廣州學海堂。此書彙集清代學者解經之作188種,共1408卷。《皇清經解續編》係光緒年間江蘇學政王先謙所輯叢書,刊於江陰南菁書院。此書續收清代學者解經之作209種,共1430卷。

④ 《通志堂》指《通志堂經解》,係清康熙年間納蘭成德所刊叢書,實爲徐乾學輯,收録唐、宋、元、明解經之作138種,又納蘭氏撰著作兩種,共1860卷。

然爲書之多,則古來未之有也。既無刊布之力,且恐今之學者亦無日力能讀吾書,故亦不復謀刊布焉。然《詩學》之外,尚有長篇論者,兹懼其久而亡也,輯而存之,命之曰《説詩文叢》云爾。自去年以來,兼任上海大夏(大夏大學,1924 年成立於上海,今華東師範大學的前身之一)之課,學復不專,於經恐無所成矣。此余叙是書所以不能無慨者也。

民國十五年(1926)春,北流陳柱序於大夏大學。

後　序

是書於民國十五年已爲之序，欲刊而行之，徒以多未稱心者，故旋亦作廢。今爲暨南大學諸生授《詩》，乃復爲之增減。先刊此十餘篇，仍命之曰《説詩文叢》。聊以備諸生參考之資而已。

民國十九年(1930)夏，陳柱序於上海國立暨南大學。

删《詩》説

附采詩説

不信孔子删《詩》之説者，約有下列諸説：

（一）古無孔子删《詩》之説，言孔子删《詩》者始於漢司馬遷《史記・孔子世家》，[①]乃司馬遷之臆説。此凡否認孔子删《詩》者莫不持之者也。

（二）司馬遷稱古《詩》三千餘篇，孔子存三百五篇。然經傳所載詩句，如何在見存者多，而在逸《詩》者少，且不容孔子十去其九？此孔穎達[②]疑之，[③]而後人據以爲説者也。

---

① 説見《史記・孔子世家》："古者《詩》三千餘篇，及至孔子，去其重，取可施於禮義，上采契、後稷，中述殷、周之盛，至幽、厲之缺，始於衽席，故曰'《關雎》之亂以爲《風》始，《鹿鳴》爲《小雅》始，《文王》爲《大雅》始，《清廟》爲《頌》始'。三百五篇孔子皆弦歌之，以求合《韶》《武》《雅》《頌》之音。"

② 孔穎達(574—648)，字冲遠。唐代冀州衡水(今屬河北)人。官至國子祭酒。通經學，通曆算，善屬文。與魏徵等撰《隋書》，主持編纂《五經正義》。

③ 見《毛詩正義》："《史記・孔子世家》云：'古者《詩》本三千餘篇，去其重，取其可施於禮義者三百五篇。'是《詩》三百者，孔子定之。如《史記》之言，則孔子之前，詩篇多矣。案《書傳》所引之詩，見在者多，亡逸者少，則孔子所録，不容十分去九。司馬遷言古《詩》三千餘篇，未可信也。據今者及亡《詩》六篇，凡有三百一十一篇，皆子夏爲之作序，明是孔子舊定，而《史記》《漢書》云'三百五篇'者，闕其亡者，以見在爲數也。"

（三）“子所雅言，一則曰‘《詩》三百’，再則曰‘誦《詩》三百’，未必定删後之言。況多至三千，樂[①]師、矇（méng，盲）叟，安能徧爲諷誦？竊疑當日掌之大師（古代樂官之長，所屬樂工有瞽矇、視瞭等。大，同“太”）、班之侯服（侯服指王城周圍千里以外方五百里的地區）者，止於三百篇而已。”（《經義考》卷九十八《詩一·古詩》）此朱彝尊[②]之説也。

（四）“成康（周成王、周康王）之世，治化大成，刑措不用，諸侯賢者必多，其民豈無稱功頌德之詞，何爲盡删其盛而存其衰？郇伯之功[③]亦卓卓者，豈尚不如鄭、衛，而反删彼存此，意何居乎？”（《讀風偶識》卷二）此崔述[④]之説也。

（五）孔子删《詩》，何以獨存十五國之《風》？十五國之外，豈皆無詩乎？皆不足以存乎？此凡學者所大疑者也。

今請次第略辨如左方：

（一）孔子删《詩》之事，孔子自言之。孟、荀雖不明言，然可因其説而推知之。莊子則已不啻明言之矣。何言孔子自言之也？孔子曰：

> 《詩》三百篇，一言以蔽之，曰：“思無邪。”《爲政》篇

此謂《詩》雖有三百篇之多，其指雖繫，而其思則歸諸“無

---

① 樂，原作“業”，據朱彝尊《經義考》改。

② 朱彝尊（1629—1709），字錫鬯，號竹垞，清浙江秀水（在今浙江嘉興）人。參與修纂《明史》。著有《經義考》《日下舊聞》《曝書亭集》等，編有《明詩綜》《詞綜》等。

③ 郇伯之功，典出《國風·曹風·下泉》：“四國有王，郇伯勞之。”《毛傳》：“郇伯，郇侯也。諸侯有事，二伯述職。”《鄭箋》：“郇侯，文王之子，爲州伯，有治諸侯之功。”

④ 崔述（1740—1816），字武承，號東壁，清直隸大名府魏縣（今屬河北）人。曾任福建羅源等地知縣。致力於辨僞、考信，對中國近代疑古思潮頗有影響。著有《考信録》《讀風偶識》等三十餘種，由其門生編爲《崔東壁遺書》。

邪”也。夫唯必經删存而後可斷其“無邪”耳。若爲古來之詩,絶不經删選之者,孔子雖妄,豈敢斷其“無邪”乎?假如今有道學家選詩集,則可斷之曰:“此集思無邪耳。”不然,豈能泛謂天下之詩皆“無邪”乎?然此或謂可,孔子不言自删《詩》,而《詩》或爲古人之選本,孔子從而品評之耳。然孔子又云:

> 吾自衛反(同“返”)魯,然後樂正,《雅》《頌》者各得其所。《子罕》篇

此明言未反魯時未删《詩》,《雅》《頌》尚不得所。反魯後乃删《詩》,《雅》《頌》始得其所也。唯尚未言《風》者,此時尚未删《風》,或者文從省耳。

以上從孔子自言,足證明孔子删《詩》。

何言孟、荀雖不明言孔子删《詩》,而可以其言推知之也?《孟子·滕文公》篇曰:

> 孔子懼作《春秋》。

又《離婁》篇云:

> 王者之迹息而《詩》亡,《詩》亡而後《春秋》作。

孟子既言孔子作《春秋》,又云“《詩》亡而後《春秋》作”,則明言孔子繼删《詩》之後而作《春秋》也。所謂“《詩》亡”,乃詩道之亡,非真天下無作詩人也。詩道亡者,陳靈以後,王澤已竭,雖有《詩》而不能發乎人情,止乎禮義,不能好色而不淫、怨

誹而不亂，(《史記・屈原賈生列傳》:“《國風》好色而不淫，《小雅》怨誹而不亂。若《離騷》者，可謂兼之矣。”)孔子不取焉。故曰“《詩》亡”也，非謂天下遂無《詩》也。陳靈以後，亂世亦多矣。楚有屈、宋爲《楚辭》，三國、六朝詩人輩出，詩卷汗牛。春秋雖亂世，料亦不過於戰代(戰國時代)與三國、六朝。戰代、三國、六朝尚有詩，春秋豈遂無詩乎？則所謂“《詩》亡”者，乃詩道之亡，非真無詩明矣。然所謂詩道者何？即孔子所謂“温柔敦厚，《詩》之教者也”(《禮記・經解》)。詩道既亡，不足以當温柔敦厚之教，故孔子無取焉。而人心亦由是輕薄澆漓(jiāolí，浮薄)，故繼是而作《春秋》也。

又《孟子》書載公孫丑問孟子，稱高子以《小弁 pán》(《詩經・小雅》篇名。按，爲避免冗贅，以下標注《詩經》篇章名，“詩經”字樣從略)詩爲怨，爲小人之詩。而孟子辨之，謂《小弁》爲親親，爲仁，而斥高叟之言詩爲固。蓋必公孫丑疑《小弁》之詩爲小人之詞，孔子所不當存。而孟子則以謂親親之詩，故孔子存之耳。此不明言孔子删《詩》，然彼此必以爲孔子删《詩》而後辨難。不然，則小人之詩多矣，彼二子者何必與辨乎？

以上從孟子之言可以推知孔子之删《詩》。

《荀子・勸學篇》云：

> 《詩》者，中聲(心聲)之所止(通“至”，極也)也。

《儒效篇》曰：

> 《風》之所以爲不逐(逐指放蕩)者，取是而節之也；《小雅》之所以爲《小雅》者，取是而文(文飾)之也；《大雅》之所以爲《大雅》者，取是而光(通“廣”，推廣)之也；《頌》之所以

爲《頌[1]》者,取是而通(貫通)之也。

此雖不明言孔子删《詩》,然天下之詩未必盡爲中聲之所止也。天下之《風》詩,未必盡爲不逐而有節也。然而荀子云云者,必經人之删選無疑也。荀子於當世儒者,如子思[2]、子張[3]、孟子皆痛譏之,《詩》非孔子所删,荀子豈肯推尊之如此之至邪?

以上從荀子之言可以推知孔子删《詩》。

何以言乎莊子不啻明言之也?《莊子·天下》篇云:

(一)古之人其備乎!配神明,醇(通"準",取法)天地,育萬物,和天下,澤及百姓,明於本數(指仁義,道之根本),係於末度(指法度,道之末節),六通四辟(六合通達,四時順暢),大小精粗,其運無乎不在。

(二)其明而在數度者,舊法世傳之史,尚多有之。

(三)其在於《詩》《書》《禮》《樂》者,鄒魯之士(鄒爲魯邑,鄒魯之士即孔孟之徒,指儒者)、縉紳先生(縉本作"搢",笏也,亦插也。紳,大帶也。縉紳先生指身着儒服之士紳)多能明之,《詩》以道(同"導",通達。下同)志,《書》以道事,《禮》以道行,《樂》以道和,《易》以道陰陽,《春秋》以道名分。

(四)其數散於天下而設(施行)於中國(指諸夏之邦)者,百家之學時或稱而道之。

---

① 頌,《荀子》通行本作"至"。下同。

② 子思(約前483—前402),孔子之孫,名伋,字子思。受業於曾子,傳孔門心法,主張中庸之道,後世稱其爲"述聖"。孟子發揮其學説,形成"思孟學派"。

③ 子張(前503—?),姓顓孫,名師,字子張。春秋末年陳國陽城(在今河南登封北)人。子張爲"子張之儒"的創始人,名列儒家八派之首。

此文第一節言古人之道術甚備，無所不在。第二節言古之道術其傳在於史。第三節言古史有在《詩》《書》《禮》《樂》者，先言鄒魯之士能明，然後言"《詩》以道志，《書》以道事，《禮》以道行，《樂》以道和，《易》以道[1]陰陽，《春秋》以道名分"，則《詩》《書》《禮》《樂》《易》《春秋》，必經鄒魯之士所修明可知。鄒魯之士孰爲之魁？則非孔子而誰乎？第四節言"其數散於天下"者，百家之學時或稱道，合第三節觀之，則六藝爲儒家所修明，而諸子乃得而道之也。然則非孔子其孰足以當之乎？

以上從莊子之言，可以證明孔子删《詩》。

然則言孔子删《詩》者豈得謂始於司馬遷邪？夫孔子以《雅》《頌》得所與正樂並言，荀子謂《詩》爲"中聲之所止"，與司馬遷言《詩》三百篇，"孔子皆弦歌之，以求合《韶》《武》(《韶》樂和武王樂)《雅》《頌》之音"，其言尤合。豈得謂爲司馬遷之臆説乎？史遷生於西漢盛世，紬(chōu，綴集)金匱石室之書，而著《史記》。(《史記·太史公自序》："卒三歲而遷爲太史公，紬史記石室金匱之書。")自劉向[2]、楊雄[3]咸稱其爲實録，則其言亦當有據。漢時史遷、班固諸儒所見古籍，至今亡者泰半。豈能據後世僅存之書，而遂决古人爲妄作乎？

（二）觀上所引《莊子·天下》篇之言，則知六藝經孔子删訂之後，而後諸家得稱道。删訂之六藝，其不甚流傳可知。則諸子

---

① "道"後原衍"以"字，據上引文删。

② 劉向(約前77—前6)，原名更生，字子政，西漢沛(今江蘇沛縣)人。官至中壘校尉。校閲群書，撰成《别録》，爲我國目録學之祖。另著有《新序》《説苑》《列女傳》《洪範五行傳論》等。明人輯有《劉子政集》。

③ 楊雄(前53—18)，一作揚雄，字子雲，西漢蜀郡成都(今屬四川)人。漢末官黄門侍郎。王莽時官至大夫，校書天禄閣。早年以辭賦聞名，撰有《甘泉賦》《長楊賦》等名篇；晚年研究哲學和語言文字學，著有《太玄》《法言》《方言》等書。明人輯有《揚侍郎集》。

所讀之六藝，亦多從孔子所流傳可知。然則所引詩句，多在現存之《詩》，而少在亡逸之篇，又何疑乎？且就消極言之，則爲删《詩》耳；若就積極言之，則爲選《詩》。孔子以其意之所善，選《詩》三百五篇以爲教。初謂三百五篇之外，則當禁絶之也。其選外之詩不傳，孔子亦不及料也。然則雖十分取一，十分去九，又何傷乎？此猶昭明太子[①]撰《文選》，以意去取爲己書。不謂《文選》外，遂當禁絶之也。而魏、晉、宋、齊之詩文，《文選》之外，傳者卒少，則非昭明所及料也。

（三）難者豈以爲古《詩》原止三餘百篇，而必無三千餘篇之多乎？吾則以謂不然。沈休文[②]《宋書・謝靈運傳論》云：

> 民稟天地之靈，含五常（仁、義、禮、智、信）之德，剛柔迭用，喜慍分情。夫志動於中，則歌詠外發。六義（又稱“六詩”。《毛詩大序》：“詩有六義焉：一曰風，二曰賦，三曰比，四曰興，五曰雅，六曰頌。”）所因，四始[③]攸（所）繫。升降謳謡（謳謡指歌謡。明代梅膺祚《字彙・言部》：“謳爲歌之别調，歌爲謳之總名。”），紛披（盛多貌）風什（詩篇）。雖虞夏以前，遺文弗睹，稟氣懷靈，理無或異。然則歌詠所興，宜自生民始也。

---

① 昭明太子即蕭統（501—531），字德施。南朝梁武帝太子，卒謚昭明。曾招集文士編撰《文選》三十卷（今本六十卷），輯録秦漢以來詩文，世稱《昭明文選》，是我國現存最早的詩文總集。

② 沈休文即沈約（441—513），字休文，吴興武康（在今浙江德清）人。歷仕南朝宋、齊、梁三朝，官終左光禄大夫。封建昌縣侯，卒謚隱，故世稱“沈隱侯”。創“四聲八病”之説，對古體詩向律詩的轉變起了重要作用。著有《宋書》。明人輯有《沈隱侯集》。

③ 四始，諸家説法不一。《毛詩》以《風》《小雅》《大雅》《頌》爲四始，因四者是人君興廢之始，説見《毛詩大序》；《魯詩》四始指《關雎》之亂以爲《風》始，《鹿鳴》爲《小雅》始，《文王》爲《大雅》始，《清廟》爲《頌》始，説見《史記・孔子世家》；《齊詩》四始指以《大明》《四牡》《嘉魚》《鴻雁》分别爲亥、寅、巳、申，爲水、木、火、金之始，説見《詩緯・泛曆樞》。

然則自有語言則有詩歌;未有文字之時,則爲語言之詩歌而已。既有文字之後,著之於文字,則爲文字之詩歌。然則自有文字以來,至於孔子之時,古《詩》止有三千餘篇,亦恐已遭散佚,故此止有此數。不然雖數倍之猶恐不能盡也。而謂三千餘篇爲已多乎?而謂止三百餘篇而已乎?《墨子·公孟》篇云:

誦詩三百,弦詩三百,歌詩三百,舞詩三百。

然則據墨子之言,合誦詩、弦詩、歌詩、舞詩已一千二百篇;則史遷言三千餘篇,似非無據,而斷非三百餘篇而止,則無疑也。而學者牽合(牽强附會)《毛傳》"古者教之《詩》、樂,誦之,歌之,舞之"之説,謂墨子所見,亦止三百篇,則誤矣,何也?今如云:"黄人三百,白人三百,黑人三百,紅人三百。"而或者乃斷之曰,黄、白、黑、紅之人共三百,可乎?不可也。然則《毛傳》自《毛傳》,而不能牽合以解《墨子》明矣。

(四)孔子删《詩》之凡例,既不書於簡端,如今人之爲,以詳示於人。吾人生於數千載後,固亦不能一一臆測。就令孔子不曾删《詩》,今之《詩》即爲古來之原本,則亦可依崔氏(崔述)之説而問之曰:

成康之世,治化大成,刑措不用,諸侯賢者必多,其民豈無稱功頌德之詞,何爲盡無其盛而有其衰?郇伯之功亦卓卓者,豈尚不如鄭、衛,而反無彼有此,意何居乎?

則難者亦不能爲答也。然若以爲孔子删《詩》,則吾人尚可推得其大旨,何也?蓋頌所以形容盛德,苟非至聖,必有慚德(因言行有缺憾而内心慚愧)。故頌唯取《周頌》,《春秋》尊周之義也;

魯爲孔子本國,故取《魯頌》,《春秋》内魯之義也;商爲孔子祖國,故取《商頌》,《春秋》故宋之義也。其餘齊、魏諸國,雖或有頌,以有慚德,故無取焉。且凡頌揚之詩,必與其人有深切之關係[①],而後讀之足以感動而覺其美。不然,則必反厭棄之,而不願聞。如今人作壽文然,凡施於[②]己之父母者,則無不樂誦之。若在他人,則鮮有不生厭者矣。故《詩》之存《魯頌》而不存各國之頌,足證其爲魯人所删。其存《商頌》,又更以證明其爲孔子所删也。且愁苦之詞易工,而安樂之詞難好,此豈特後世之文人爲然哉?然則成康以後,諸侯賢者雖有其人,而頌揚之詞無取焉,又豈足怪乎?

(五)如難者所問,則孔子雖不删《詩》,亦將何以解答,故不足以難孔子删《詩》之説也。然文學之生産,固在乎才人之勃起,與風會之特盛。其於空間,則時或爲畸形,而非盡普通;其在時間,則時或爲突起,而非漸進。觀夫戰國之世,楚有屈、宋之《楚辭》,荀卿之《賦篇》,而他國無聞焉。漢末三國,魏之文人能詩者甚衆,而吴、蜀絶少。選漢末詩者,雖盡爲魏人,而吴、蜀之士無一焉可也。觀此則十五《國風》之外,他國或有詩而少,少而不佳,或當時采詩者竟無所得焉,亦不足怪也。

或曰采詩之説,今人曾提有四種疑問如下:

一、采詩之官名無定。　　劉歆[③]作"逌 yóu 人"[④],楊雄作"輶 yóu 軒之使",(見揚雄《方言》附《揚雄答劉歆書》:"嘗聞先代輶軒之使

---

① 係,原作"保",據文意改。

② 於,原誤重,據文意删一"於"字。

③ 劉歆(? —23),字子駿,後改名秀,字穎叔。漢朝宗室,劉向之子。治經學,崇尚古文。繼父業,領校群書。總括群篇,編成《七略》。精通律曆,著有《三統曆譜》。明人輯有《劉子駿集》。

④ 見揚雄《方言》附《劉歆與揚雄書》:"詔問三代、周、秦軒車使者、逌人使者以歲八月巡路,求代語、童謡、歌戲,欲頗得其最目。"

奏籍之書，皆藏於周、秦之室。")《説文》作"辺 jì 人"。(《説文・丌部》："辺，古之遒人，以木鐸記詩言。")辺遒 qiú、逌、輶三字通用，尚説得通，何以《漢書》又作"行人"?[①] 段玉裁注逌又訓行，故作行人，(段玉裁《説文解字注・丌部》："逌訓行，故逌人即行人也。")未免傅會。

二、采詩之時間無定。　　采詩之時，《左傳》説是"正月"，[②]劉歆説是"歲八月"，班固説是"孟春[③]之月"，何休[④]説"從十月盡正月止"。[⑤]

三、采詩之地域無定。　　《漢志》(《漢書・食貨志》)説"孟春之月，群居將散"，謂其散處田野之時，則采詩於田野；何休説"民皆居邑，男女同巷"，則詩采於邑中。

四、采詩之方法無定。　　《左傳》、《説文》、劉歆、楊雄皆言遒人以木鐸巡路采詩，是古文經師詩説。然《左傳》説"官師相規，工執藝事以諫"，杜[⑥]注"官[⑦]師，大夫。自相規正"。"工執藝事"，即所謂百工獻藝。杜注"獻其技藝，以喻政事"，則是一般官

---

① 見《漢書・食貨志》："孟春之月，群居者將散，行人振木鐸徇于路，以采詩，獻之大師，比其音律，以聞於天子。"

② 見《左傳》襄公十四年："故《夏書》曰：'遒人以木鐸徇于路。官師相規，工執藝事以諫。'正月孟春，於是乎有之，諫失常也。"

③ 孟春，原作"春秋"，據《漢書・食貨志》改。下同。

④ 何休(129—182)，字邵公，東漢任城樊(在今山東濟寧東)人。精研六經，長於曆算，好公羊學。歷十七年，撰成《春秋公羊傳解詁》。另撰有《公羊墨守》《左氏膏肓》《穀梁廢疾》等，均已佚。

⑤ 見《春秋公羊傳》宣公十五年何休注："五穀畢入，民皆居宅，里正趨緝績，男女同巷，相從夜績，至於夜中，故女功一月得四十五日作，從十月盡正月止。男女有所怨恨，相從而歌，飢者歌其食，勞者歌其事。男年六十、女年五十無子者，官衣食之，使之民間求詩，鄉移於邑，邑移於國，國以聞於天子，故王者不出牖户盡知天下所苦，不下堂而知四方。"

⑥ 杜指杜預(224—284)，字元凱，西晉京兆杜陵(在今陝西西安東南)人。曾任鎮南大江軍，都督荆州諸軍事。以滅吴之功，進爵爲侯。博學多謀，號"杜武庫"。著有《春秋左氏經傳集解》《春秋釋例》《春秋長曆》等。

⑦ 官，原作"工"，據《春秋左傳正義》改。

師大夫自相規正。《漢志》則説"獻之太師,比其音律,聞於天子"。何休亦説"聞於天子",而其手續則鄉移於邑,邑移於國,説又不同。

由此四説觀之,則采詩之事,乃各家所傳聞異辭者。《漢書·禮樂志》云:"至武帝乃立樂府,采詩夜讀,有趙、代、秦、楚之謳。"或者劉歆、楊雄、許慎[①]、班固、何休見當代有此制度,遂傅會師曠(春秋時晉國樂師)所引《夏書》之説,[②]謂現傳之《詩經》,即周代王官所采。後人以爲信史,而不知言之間隙甚多,不免令人懷疑也。

余曰:此吾友陳覺玄鐘凡[③]《讀詩導言》(載《南音:國立暨南大學中國語言文學系期刊》第2期,1929年5月出版)之説也。疑采詩之説者,莫辨於此矣。然余以謂采詩之官名、時間、地域、方法此等小事,年代久遠,固多傳聞異辭,不足深信,存而勿論,可也。至采詩之事,則古當有之,誠以古代交通不便,非政府派人采詩,則詩篇實無從聚集,非如今日之有報紙廣告以徵求,有郵政傳遞以寄贈也。在昔郵政未辦以前,遠地傳書,猶非易事,况在春秋以前乎?《漢書·禮樂志》謂"武帝立樂府,采詩夜誦,有趙、代、秦、楚之謳",然則漢武帝時尚須設采詩之官,而後得"趙、代、秦、楚之謳"。若在春秋以前,非政府有采詩之官,何由而撮集此三千

---

① 許慎,字叔重,東漢汝南召陵(在今河南郾城)人。曾任太尉南閣祭酒、洨長等職。博通經籍,時稱"五經無雙"。著有《説文解字》,爲我國最早的文字學專著。又有《五經異義》,今已佚。

② 見《左傳》襄公十四年:"師曠侍於晉侯。晉侯曰:'衛人出其君,不亦甚乎?'對曰:'或者其君實甚。……故《夏書》曰:"遒人以木鐸徇于路,官師相規,工執藝事以諫。"正月孟春,於是乎有之,諫失常也。'"

③ 陳鐘凡(1888—1982),又名中凡,字斠玄,號覺元,别署覺玄、清暉館主。江蘇鹽城人。曾在北京大學、北京女子高等師範學校、東南大學、金陵大學、南京大學等高校任教。著有《古書校讀法》《諸子通誼》《中國文學批評史》《中國韻文通論》等。其中《中國文學批評史》是我國第一部文學批評史。

餘篇，或三百餘篇之《詩》邪？然則采詩之制，古當有之，可無疑也。且今之説《詩》者，莫不謂《風》詩爲男女之戀歌矣。假令即如其説，夫男女之戀歌，豈至陳靈之後，而遂無之乎？何以今《詩》不見有陳靈以後之詩也？然則其爲采詩之官已廢，詩既無由采集，而《詩》教已亡，孔子亦無取焉，可知也。質之覺玄以爲何如？

十九年(1930)二月於暨南大學。

删《詩》説下

孔子删《詩》，已如上篇所論矣。然删之云者，全篇删之乎？抑删其章與句乎？古來之論，亦各異焉。兹略述之於下：

（一）言全篇删之者

《史記·孔子世家》云：

> 古者《詩》三千餘篇，及至孔子，去其重，取其可施禮義，上采契（xiè，商朝先祖）、后稷（周朝先祖，名弃。爲舜農官，號后稷，别姓姬氏），中述殷周之盛，至幽（周幽王姬宫涅 shēng）厲（周厲王姬胡）之缺，始於衽 rèn 席（床席，代指夫妻之事），故曰："《關雎》之亂（理也）以爲《風》始，《鹿鳴》爲《小雅》始，《文王》爲《大雅》始，《清廟》爲《頌》始。"三百五篇，孔子皆弦歌之，以求合《韶》《武》《雅》《頌》之音。禮樂自此可得而述，以備王道，成六藝。

太史公言古《詩》三千餘篇，今孔子所删存者乃三百五篇，則全篇删去者蓋十分之九矣。

（二）言不止刪篇並刪章句與字者

王崧[①]《説緯》云：

刪《詩》云者，非止全篇刪去也。或篇刪其章，或章刪其句，或句刪其字。如"唐棣（又作"棠棣"、"常棣"、"夫移"。一種薔薇科植物。詩人常用唐棣之花喻兄弟）之華（花），偏其反而（指花翩翩摇曳。偏，通"翩"。反，翻也。而，語助詞）。豈不爾思？室（家）是遠而"，此《小雅・唐棣》之詩也，夫子謂其以室爲遠，害於兄弟之義，故篇刪其章也。[②]"衣錦尚絅（jiǒng，無裏層的單衣。句意謂在錦服外面再罩上單衣，比喻君子懷其德而不外露）"，文（花紋，紋理）之著也，（見《禮記・中庸》："《詩》曰：'衣錦尚絅。'惡其文之著也。"）此《鄘風・君子偕老》之詩也，夫子謂其盡飾之過，流而不返，故章刪其句也。"誰能秉國成？不自爲政，卒勞百姓"（見《禮記・緇衣》引《詩》），此《小雅・節南山》之詩也，夫子以"能"之一字，爲意之害，故句刪其字也。[③]

此言不特刪全篇，並篇刪其章，章刪其句，句刪其字也。周子醇（宋代學者，著有《樂府拾遺》。生平事迹不詳）亦然其言，而爲之説曰：

---

① 王崧 sōng（1752—1838），原名藩，字伯高，號樂山，清雲南浪穹（今雲南洱源）人。曾任山西武鄉縣知縣、《雲南通志》總纂。著有《説緯》《雲南備徵志》《樂山集》等。

② 見《論語・子罕》："'唐棣之華，偏其反而。豈不爾思？室是遠而。'子曰：'未之思也，夫何遠之有？'"按，何晏謂"唐棣之華"以下四句爲逸《詩》。

③ 按，此段引文當出自歐陽修，見馬端臨《文獻通考》卷一百七十八《經籍考五》引。王崧《説緯》僅爲轉引。

> 孔子删《詩》，有全篇删者，《驪駒》[1]是也；有删兩句者，“月離于畢（二十八宿之一。舊傳畢星主雨），俾滂沱矣”（《小雅·漸漸之石》）“月離于箕（二十八宿之一。舊傳箕星主風），風揚沙矣”（見孔穎達《尚書正義》載鄭玄注引《春秋緯》語，原文作：“月離于箕，則風揚沙。”）是也；有删一句者，“素（本色，白色）以爲絢（色彩華麗）兮”[2]是也。（南宋王應麟《困學紀聞》卷三引周子醇《樂府拾遺》）

是二説也。朱彝尊《經義考》非之，曰：

> 《詩》云“唐棣之華，偏其反而。豈不爾思？室是遠而”，惟其詩孔子未嘗删，故爲弟子雅言之也。《詩》云“衣錦尚絅”，文之著也，惟其詩孔子未嘗删，故子思子舉而述之也。《詩》云“誰能秉國成”，今本無“能”字，猶夫“殷鑒不遠，在于夏后之世”（《大雅·蕩》），今本無“于”字，非孔子去之，流傳既久，偶脱去爾。昔者子夏親授《詩》於孔子矣，其稱《詩》曰：“巧笑倩兮，美目盼兮，素以爲絢兮。”惟其句孔子亦未嘗删，故子夏所受之《詩》，存其辭以相質，而孔子亟許其可以言《詩》。初未嘗以“素絢”之語，有害於義而斥之也。

又云：

---

① 《漢書·儒林列傳·王式》：“式曰：‘客歌《驪駒》，主人歌《客毋庸歸》。’”顔師古注：“服虔曰：‘逸《詩》篇名也，見《大戴禮》。客欲去歌之。’文穎曰：‘其辭云：驪駒在門，僕夫具存；驪駒在路，僕夫整駕也。’”

② 見《論語·八佾》：“子夏問曰：‘巧笑倩兮，美目盼兮，素以爲絢兮’，何謂也？子曰：‘繪事後素。’”按，今本《衛風·碩人》“巧笑倩兮，美目盼兮”後無“素以爲絢兮”句。

《詩》之逸，一由於秦火之後，竹帛無存，而口誦者偶遺忘[①]之也；一由於作者章句長短不齊，而後世爲章句之學者，必比而齊之，於句之多出者去之故也；一由樂師、矇叟止記其音節，而亡其辭。

朱氏蓋主孔子無删《詩》之事者也。然其謂孔子不删《詩》，吾前已辨之矣；其謂無篇删其章、章删其句者，則當分别論之。

夫删《詩》云者，就消極方面言之耳。若就積極方面言之，則爲選《詩》。此吾於前篇亦已言之矣。明乎此，則删全篇與篇删其章，均可有應有之事。蓋猶後人之選《詩》，每集中選若干題，則其不選者爲删其篇也。每題有數首，又止選其若干首，此篇删其章也，均可有應有之事也。若夫章删其句，句删其字，則是爲人改《詩》，失其本來，今之選《詩》者不爾，知孔子當時亦必不爾也。

然則由是論之，删篇删章，孔子删《詩》，當然之事也；删句删字，必無之事也。今三百篇字句之多少，與諸家所引，偶有不同。則或三百篇偶有訛奪，或各家所引不必盡本經文，或當時傳本原有小異，固不能一概論。然亦不能謂其必出於此也。"唐棣之華，偏其反而，豈不爾思，室是遠而"，此未必即爲今所傳《常棣》詩之一章，孔子雖稱之，未必便當選之。"巧笑倩兮，美目盼兮，素以爲絢兮"，未必即爲《君子偕老》詩之語，不能證今詩無"素以爲絢兮"一句，爲孔子所删也。何以證諸？《召南・草蟲（蟲通"螽"zhōng。草螽與下文之"阜螽"，皆蝗子之屬）》之詩云：

喓喓（yāoyāo，蟲鳴聲）草蟲，趯趯（tìtì，跳躍貌）阜螽。未

① 忘，原作"亡"，據《經義考》改。

見君子，憂心忡忡。亦既見止（止即之，用於句末，代指君子。説見于省吾《澤螺居詩經新證》），亦既覯（gòu，遇見）止，我心則降（降下，放下）。

而《小雅·出車》之詩亦云：

嘤嘤草蟲，趯趯阜螽。未見君子，憂心忡忡。既見君子，我心則降。

倘《召南·草蟲》之詩，未列於三百篇之内，而爲諸家所稱引，則亦可據之，以爲《小雅·出車》之詩有訛奪，或經孔子删削邪。

又《邶風·谷風》詩云：

涇以（因）渭濁，湜湜（shíshí，水清貌）其沚（"止"之誤字，静止）。宴（快樂）爾新昏（同"婚"），不我屑以（句意謂不以我爲潔淨。屑，潔也）。毋逝（往，去）我梁（捕魚的石堰），毋發（打開）我笱（gǒu，捕魚的竹簍）。我躬（自身）不閲（容納，見容），遑恤我後（句意謂何暇憂我既去之後）。

而《小雅·小弁》之詩亦云：

莫高匪（同"非"。下同）山，莫浚（jùn，深）匪泉。君子無易（輕易）由（於）言，耳屬（zhǔ，連接）于垣（墻）。無逝我梁，無發我笱。我躬不閲，遑恤我後。

倘《小雅·小弁》之詩爲今《詩》三百之所無，而見於諸子之書，則亦可據之以證《邶風・谷風》之詩有訛奪，或孔子所删改乎？此而不可，則“巧笑倩兮，美目盼兮，素以爲絢兮”雖有二句同於《碩人》，而不能以爲必《碩人》之句，而今之《碩人》詩無“素以爲絢兮”一句者，爲孔子所删明矣。

或曰：吾子言删《詩》之説，固甚辨矣，然蘇天爵[1]《讀詩疑問》（收入氏著《滋溪文稿》）有云：

> 當季札之聘（諸侯使大夫問於諸侯曰聘）魯，請觀周樂，於時夫子未删《詩》也。自《雅》《頌》之外，其十五《國風》盡歌之。今三百篇及魯人所存，無加損也。其謂夫子删《詩》，其可信乎？

是説也，吾子又將何説以解之？

應之曰：今三百篇與季札觀樂時所歌，其十五國之數雖同，而每國之篇數，未聞其悉同也。且季札觀樂時所歌，魯人所存之《詩》，其次第亦與孔子所定之本不同。《左氏傳》襄二十九年（前544）傳云：

> 吴公子札來聘，……請觀於周樂，使工爲之歌《周南》《召南》，……
>
> 爲之歌《邶》《鄘》《衛》，……
>
> 爲之歌《王》，……
>
> 爲之歌《鄭》，……
>
> 爲之歌《齊》，……

---

① 蘇天爵（1294—1352），字伯修，號滋溪先生，元真定（今河北正定縣）人。官終浙江行省參知政事。著有《滋溪文稿》《元朝名臣事略》，編有《元文類》。

爲之歌《豳》,……

爲之歌《秦》,……

爲之歌《魏》,……

爲之歌《唐》,……

爲之歌《陳》,……

自《鄶 kuài[①]》以下無譏(評論)焉,……

爲之歌《小雅》……

爲之歌《大雅》,……

爲之歌《頌》,……

此爲季札所歌之次第也。今與孔子所删後之《詩》列表如左:

季札觀樂時所歌	孔子删後
1.《周南》	1.《周南》
2.《召南》	2.《召南》
3.《邶》	3.《邶》
4.《鄘》	4 《鄘》
5.《衛》	5.《衛》
6.《王》	6.《王》
7.《鄭》	7.《鄭》
8.《齊》	8.《齊》
9.《豳》	9.《魏》
10.《秦》	10.《唐》
11.《魏》	11.《秦》
12.《唐》	12.《陳》

① 鄶,《毛詩》通行本作“檜”。

13.《陳》	13.《檜》
14.《鄶》	14.《曹》
15.《曹》	15.《豳》
16.《小雅》	16.《小雅》
17.《大雅》	17.《大雅》
18.《頌》	18.《頌》

其次第之不同如此，惡（wū，安，何）得謂未删之《詩》，與今所傳之《詩》爲一邪？至當時之篇數，則《左傳》未有明文，不得斷其與孔子删後無加損也。且工之所歌，亦不過每國略歌若干耳。三千餘篇之《詩》不能盡歌，即三百餘篇亦豈能一一歌之乎？是又不得據以爲若有三千餘篇，則樂工不能盡歌，而斷季札時所歌亦止三百餘篇而已也。且季札時所歌，傳雖不言其篇數多少，然就季札之所贊，則有一部分爲孔子所删，亦有可以推知之者。季札贊之《邶》《鄘》《衛》曰："美哉，淵乎！憂而不困者也。吾聞衛康叔、武公之德如是，是其《衛風》乎？"今按《邶》《鄘》《衛》之詩，惟《淇澳（又作"奥"yù）》（《衛風》篇名）爲美武公之德而已。[①] 康叔之詩，果何在乎？《淇澳》之外，則大抵皆刺淫、刺亂、刺仁人不用、刺無禮之詩，其足以爲康叔、武公之德乎？則知季札所聞之《邶》《鄘》《衛》之詩，其數必多於今之所傳者矣。其贊《齊》曰："美哉，泱泱乎！大國之風也哉！[②] 表東海（意即爲東海諸國之表率）者，其太公乎？國未可量也。"今按《齊風》之詩，多爲刺哀公、襄公之作，其所謂太公者何在？則知季札所聞《齊風》之詩，其數必多於今之所傳也。其餘唐魏諸國，亦皆視此。

---

① 見《毛詩序》："《淇奥》，美武公之德也。有文章，又能聽其規諫，以禮自防，故能入相于周，美而作是詩也。"

② 大國之風也哉，《左傳》通行本作："大風也哉！"

或曰:然則由吾子之説,孔子未删之《詩》,《邶》《鄘》《衛》當有美康叔之詩,《齊》當有美太公之詩矣。然而札(季札)之贊《王》曰:"美哉!思而不懼,其周之東乎?"則《王風》在札時,亦起於東遷,而何以獨無美文、武者乎?

曰:美文、武者,已收之《雅》《頌》;美文王者,已入於二《南》(《周南》《召南》);美周、召者,已入於《南》及《豳》。故國史(指國家的史官)於《王風》,亦不再録其美詩,而止録東周之刺詩也。

或曰:然則孔子何故多删諸國之美詩,而獨喜存其刺詩?何好樂道人之惡,而喜掩人之善乎?

曰:是不然。美詩無過於文、武,善者足法,已無過《雅》《頌》、二《南》之所歌。若復録諸國所頌康叔、太公等輩之詩,則連篇累牘,盡是諛詞。既令人生厭,而方(並列)諸文、武,又何異小巫見大巫?故孔子不録諸國之美詩,非爲掩人之善,以既取法乎上,不必再法乎中也。其録諸國之刺詩,則就其能刺者而言,固足以見先王之澤尚未竭,而爲惡足戒,亦足興起人疾惡之心焉。

或曰:然則《淇澳》美武公,《木瓜》(《國風·衛風》篇名)美桓公,[①]何以録之?

曰:以少見貴耳。東遷以後,諸侯之能此者少矣,又烏可以不録之?今《淇澳》《木瓜》之所美,與《雅》《頌》有複焉者乎?

然則就吾之所論,以季札時所歌之詩,與今本比較,可得結論如下:

一、兩本次第不同。

二、兩本篇數多寡不同。

---

① 見《毛詩序》:"《木瓜》,美齊桓公也。衛國有狄人之敗,出處于漕。齊桓公救而封之,遺之車馬器服焉。衛人思之,欲厚報之,而作是詩也。"

三、季札時所歌各國之風,多有美詩,今本多存刺詩。

其兩本之不同如是,則合吾上篇所論,三百篇《詩》之必經孔子所删,益審(明白)矣。

十九年(1930)四月十日於暨南。

六詩説

《毛詩序》云:"《詩》有六義焉,一曰風,二曰賦,三曰比,四曰興,五曰雅,六曰頌。"所謂六義,與《周禮·春官·大師》"教六詩:曰風,曰賦,曰比,曰興,曰雅,曰頌"同,是六詩與六義一也。六義又可略别之爲二類:曰風、雅、頌,曰賦、比、興。今略爲釋之如左:

風　《説文·風部》云:"風,八風也。从虫,凡聲。風動蟲生,故蟲八日而化。"風動蟲生,故引申之爲風動之義。由風動之義,又可引申之而爲風俗之風,再引申之而爲《風》詩之義。

《序》釋《詩》之義有三:

> 一,風,風也,教也。風以動之,教以化之。
>
> 二,上以風化下,下以風刺上,主文而譎(jué,委婉地)諫,言之者無罪,聞之者足以戒,故曰風。
>
> 三,是以一國之事,繫一人之本,謂之風。

由以上三者觀之,則《國風》之"風",實函風俗、風刺二義。第二條言風刺,第三條言風俗,而第一條則兼二者而言之。"一國之事，繫一人之本"，以見一人之景（同"影"）響於社會甚大，所謂風俗也。"上以風化下，下以風刺上"者，則風俗之善惡，在乎《風》詩之化刺。故所謂"國風"者，言其所陳則爲各國之風俗；言其作用，則欲以風動風俗；言其詩體，則"主文而譎諫"，使"言之者無罪，聞之者足以戒"。

雅　《説文・隹 zhuī 部》云："雅，楚烏也。一名卑居，秦謂之雅。從隹，牙聲。"然則雅本鳥名。《説文・疋 shū 部》云："足也。上象腓腸（小腿肚），下從止。《弟子職》（《管子》篇名）曰：'問疋何止。'古文以爲《詩》'大雅'字，亦以爲'足'字，或曰胥、記也。"然則許（許慎）意古文假"疋"爲《詩》"大雅"字也，故或申許氏之説曰。

《詩譜》云："邇（近）及商王，不風不雅。"然則稱雅者放自周。周、秦同地。李斯曰："擊甕（wèng，陶器）叩缶（fǒu，瓦器），彈箏搏髀（bì，大腿），而呼烏烏（歌呼聲）快耳者，真秦聲也。"（《史記・李斯列傳・諫逐客書》）楊惲[①]曰："家本秦也，能爲秦聲。……酒後耳熱，仰天拊（fǔ，拍）缶而呼烏烏。"《漢書・楊惲傳・報孫會宗書》《説文》："雅，楚烏。"雅、烏古同聲，若雁與鴈、鳧與鶩矣。大、小《雅》者，其初秦聲烏烏，雖文以節族（猶節奏），不變其名。作"疋"者，非其本也。

此説見章炳麟《小疋大疋説下》（載《太炎文録初編》），然余以謂不然。疋者，引申之本字。雅者，同音之假字也。段玉裁云："腓之言肥，似中有腸者然，故曰腓腸。"（《説文解字注・肉部》）然則疋有通義。考《説文・疋部》，從疋之字有二：

① 楊惲（？—前 54），字子幼，西漢華陰（今屬陝西）人。習外祖父司馬遷《太史公書》，好史學。宣帝時封平通侯，遷中郎將。居官清廉，但自負而多結怨，因事免爲庶人。後在《報孫會宗書》中有惡言忤上，被處以腰斬之刑。

䟽 shū 門户青疏窻[1]也。從疋,疋亦聲。囪 cōng 象䟽[2]形。讀若疏。

𤕟 shū 通也。從爻、疋,疋亦聲。

《𠫓 tū[3] 部》有"疏"字云:

疏 通也。从㐬[4],从疋,疋亦聲。

然則此三字從疋,皆諧聲兼會意字,而皆有通明之義。然則"疋"字之義,引申爲疏通明白,而《疋》詩之體亦主乎疏通明白,故名之爲疋云爾。《毛詩序》云:"雅者,正也,言王政之所由廢興也。"《序》以正訓雅,正合於疏通明白之義。《説文》"疋"下云:"一曰記也。"記者,明記其事,文體亦主疏明,與《疋》詩之體正合。漢儒謂三百爲諫章,余謂由其説,則《大疋》《小疋》實古人之諫疏。後世奏疏之稱,即"疋"字之後起字也。

頌 《説文・頁部》:"頌,皃(同"貌")也。从頁,公聲。額,籀 zhòu 文(即大篆。以著録於我國最早的字書《史籀篇》,故稱籀文)。"然則頌本形容之本字,《詩序》云:

頌者,美盛德之形容,以其成功(成就功業),告於神明者也。

按:容,《説文》本訓盛,從谷聲。以籀文額從容,故形額省作

---

① 窻,原漫漶不清,據《説文解字》補。
② 䟽,原漫漶不清,據《説文解字》補。
③ 𠫓,原作"云",據《説文解字》改。
④ 㐬,原作"疏",據《説文解字》改。

形容。然則頌之爲詩,以手足形容則爲容,以詩歌形容則爲誦。故《周禮》鄭注云:“頌之言誦也,容也。”在容則爲舞,在誦則爲詩。故頌之與舞,猶詩之與樂。一而二,二而一者也。

然則風、雅、頌之詩,其别也在乎詩體而已:婉而多諷,風之體也;疏通明白,雅之體也;形容盛德,告於神明,頌之體也。詩體之爲風者,雖王不得不風,非有意貶之也;詩體之爲頌者,雖魯不得不頌,非有尊意之也。各國亦當有頌,孔子特録《魯頌》,則有意重之。明乎此,則紛紛褒貶之論,可以息矣。風、雅、頌,《詩序》有釋,而賦、比、興則無。異説亦滋多焉。今略釋之。

賦　《説文·貝部》云:“賦,斂也。从貝,武聲。”段玉裁云:“班之亦曰賦。經傳中凡言以物班布與人曰賦。”然則賦有收斂與班布相反之義,猶亂有治亂二義也。由班布引申爲鋪陳,賦之爲體,其義即取此。故鄭玄云:“賦之言鋪,直鋪陳政教善惡。”(《周禮·春官·大師》鄭玄注)劉勰[①]云:“賦,鋪也。鋪采摛(chī,舒展,鋪陳)文,體物寫志也。”(劉勰《文心雕龍·詮賦》)“鋪采摛文”,此指後世之賦而言。六義之賦,則在乎鋪而已。

比　《説文·比部》云:“比,密也。二人爲从,反从爲比。𠤏,古文比。”按古文“𠤏”从二、大,與“竝”从二、立同,故比、□[②]同義。比之爲體,蓋取彼與此比竝而較之。鄭司農[③]云:“比者,比方於物,諸言如者皆比辭也。”(《毛詩大序》孔穎達疏引)

興　《説文·舁 yú 部》云:“興,起也。从舁、同,同力也。”

---

① 劉勰,字彦和,南朝梁人。原籍東莞莒(今山東莒縣),世居京口(今江蘇鎮江)。曾任東宫通事舍人、步兵校尉。晚年出家,法名慧地。精通文學和佛理。所著《文心雕龍》五十篇,爲我國古代文學理論批評之傑作。

② □,原空格,據上下文當作“竝”。竝,同“并”。

③ 鄭司農即鄭衆(? —83),字仲師,東漢河南開封人。官至大司農,後世習稱“鄭司農”;又稱爲“先鄭”,以别於後來之經學家鄭玄。著有《春秋難記條例》《春秋删》《孝經注》等,均已佚。

然則興之爲體，義取興起。鄭司農云："興者，託事於物。"(《毛詩大序》孔疏引)孔穎達云："興者，起也，取譬引類，興發己心。詩文諸舉草木鳥獸以見意者，皆興辭也。"(《毛詩大序》孔疏)

賦、比、興三者之界說，大抵如此。然世之言《詩》者，賦體易別，而比、興難分。蓋興以草木鳥獸喻己意，而比則比方於物，所比亦草木獸之類。二者界說，固似無甚分別者也。吾嘗細審三百篇及古今詩歌，而知比與興之別，不在以物喻志與比方於物之別，而在有意於與無意之間。有意者爲比，無意者爲興。有意者以彼比此，而比有其相同之點。無意者以彼興此，而本無相同之點。

比有三體：一則全首皆比，而不出本事；二則先比後本事；三則先本事後比。興亦有二體：一以偶然感觸之物興起之，一以偶然感觸之事興起之。今分別舉例如左：比——

一、全首皆比者

《古詩》：

南山石嵬嵬(高峻貌)，松柏何離離(茂盛貌)。上枝拂青雲，中心數十圍。洛陽發(起運)中梁(棟樑)，松樹竊自悲。斧鋸截是松，松樹東西摧。持作四輪車，載至洛陽宫。觀者莫不歎，問是何山材。誰能刻鏤此？公[①]輸與魯班。被之用丹漆，薰用蘇合香(一種植物香精)。本是南山松，今爲宫殿梁。　漢《艷歌行》。

湖中百種鳥，半雌半是雄。鴛鴦逐野鴨，恐畏不成雙。晉《夜黄》。

---

① 公，原作"魯"，據郭茂倩編《樂府詩集》改。

二、先比後本事者

《古詩》:

鬱鬱(茂美貌)澗底松,離離(輕細貌)山上苗。以彼徑寸[①]莖,蔭此百尺條。世胄(世家子弟)躡(niè,登上)高位,英俊沈(同“沉”,埋没,淪落)下僚。地勢使之然,由來非一朝。金、張[②]藉(憑藉)舊業,七葉(七世)珥(ěr,插)漢貂(漢代侍中、中常侍帽子上所插的貂尾飾,代指侍中、中常侍)。馮公[③]豈不偉(奇,出衆),白首不見招。　左思[④]《詠史》之一。

三、先本事後比者

《古詩》:

男兒欲作健,結伴不須多。鷂子經[⑤]天飛,群雀兩向波。　梁《企喻歌》。

脱我戰時袍,著我舊時裳。當窗理雲鬢[⑥],對鏡帖(貼)花黄。出門看火伴(即伙伴),火伴始驚惶。同行十二年,不

---

① 寸,原作“守”,據《文選》改。

② 金、張,指漢代金日磾、張湯家族。金、張兩家族爲世代顯貴。從漢武帝至漢平帝,金家七代爲内侍;張氏之子孫相繼,自宣、元以來爲侍中、中常侍者凡十餘人。

③ 馮公指馮唐,西漢右扶風安陵(在今陝西咸陽東北)人。曾任中郎署長、車騎都尉、楚相。武帝時舉賢良,年九十餘,不能復爲官,乃以其子爲郎。

④ 左思(約 250—約 305),字太冲,西晉齊國臨淄(今屬山東淄博)人。官至秘書郎。撰《三都賦》,十年始成。詩作以《詠史》八首最爲著名。近人輯有《左太冲集》。

⑤ 經,原脱,據《樂府詩集》補。

⑥ 鬢,原作“髟”,據《樂府詩集》改。

知木蘭是女郎。雄兔脚撲朔,雌兔眼迷離。兩兔傍地走,焉能辨我是雄雌。　　節梁《木蘭詩》後段。

以上或全首皆是比,或先本事而後比,或先比而後本事,其所比之物皆隱寓相似之點。第一例,木由山林而登宫殿,喻士之由草莽而登朝廷;鳥之半雄半雌,喻人之各得其偶;鴛鴦之逐野鴨,喻己之無匹。雖不言明本事,而隱寓相似之意明甚。第二例松之爲苗所蔽,喻英俊之爲世胄所掩。第三例以鷂喻健兒,以雌雄之兔難辭,喻木蘭與男兒之難辨,亦均有其相同之點者也。興則不然——

一、以物興起者

《楚辭》:

沅(沅水。源出今貴州東南的雲霧山,向東北流入洞庭湖)有芷(zhǐ,香草名)兮澧(澧水。源出今湖南西北,向東南流入洞庭湖)有蘭,思公子(指湘夫人)未敢言。

《古詩》:

山有木兮木有枝,心悦君兮君[1]不知。

二、以事興起者

《古詩》:

孔雀東南飛,五里一徘徊。十三能織素,十四學裁衣。

---

① 君,原脱,據徐陵編《玉臺新詠》及下文補。

十五彈箜篌(kōnghóu,古代撥弦樂器名。有豎式和卧式兩種),十六誦詩書。十七爲君婦,心中常苦悲。　　節《孔雀東南飛》首段。

一尺布,尚可縫;一斗粟,尚可舂(chōng,擣也)。兄弟二人不相容。　　淮南民歌。

觀此諸例,可知興之爲體,與本事殆絶無相似之點者也。第一例"沅有芷""澧有蘭"與"思公子"而"未敢言",有何相似?"山有木""木有枝"與"心悦君"而"君不知",亦有何相似?徒以蘭芷爲芬芳之物,興公子爲可思之人,木枝爲相依之物,興君子之可悦之士耳。第二例"孔雀東南飛"與廬江吏之夫婦,更不見有如何之相似,徒以"徘徊"二字興起全篇。"一尺布""一斗粟"與"兄弟二人"更無相似,徒以一"可"字,反興下句"不"字耳。且觀"孔雀東南飛"一例,則不特意不相似,且與下文"十三能織素"云云,亦不相接。可知興之别於比者,全在無意與有意之别。有意者曾經心意較量,無意者隨觸而發。有意較量,故舉相同之點以爲比;隨觸而發,故語意在通與不通之間。然則三百篇之比興,可以别矣。

關關(鳥鳴聲)雎鳩(一種水鳥),在河之洲(水中陸地)。窈窕(美好貌)淑女,君子好仇(又作"逑"。配偶)。(《國風·周南·關雎》)

《毛傳》云:"興也。關關,和聲也。雎鳩,王雎也,鳥摯而有别。后妃悦樂君子之德,無不和諧,又不淫其色,慎固幽深,若關雎之有别焉。然後可以風化天下。"然則由《毛傳》之説,既以爲興,而又云"若關雎之有别",則又爲比矣。則宜乎後之學者,紛紛争論於"摯"之爲至,或爲鷙之説,而不能决也。於是又生出雎鳩性不雙侣之説,以傅合於夫婦有别之言。皆因不明比興之義之故也。如其爲興,則鷙鳥何不可以興之有?如其爲比,則豈有以鷙鳥比和好之夫婦之理?是故吾人當於鳩之爲物,先明其性質,而後求其有相似之點與否,則其爲興、爲比,乃可而言焉。吾以謂鳩字从九,九有聚義。《莊子·天下》篇:"九雜天下之川。""九"當訓聚。後人借鳩爲之,其本字爲□[1]。然則鳩之得名,本以善群善侣之故。在野者爲鳩,在家者爲鴿,鳩、鴿雙聲,物亦同類。鴿字从合,亦以善群善侣之故。詩人以雎鳩之善侣,喻君子淑女之好逑,有甚相似之點焉。故此章爲比而非興也。

> 參差荇 xìng 菜(水生植物名。嫩時可供食用,多長於湖塘之中),左右流(求也)之。窈窕淑女,寤寐(醒與睡,即日日夜夜)[2]求之。(《國風·周南·關雎》)

《毛傳》云:"后妃有關雎之德,乃能共荇菜、備庶物,以事宗廟也。"如《毛傳》之説,則"參差荇菜"二句爲賦;然或者又謂以求荇菜喻求后妃,則又爲比矣。今按如毛説,則"參差荇菜"二句,不應在"窈窕淑女"二句之前,則《毛傳》非也,是不得爲賦。荇菜之參差,豈能比淑女之窈窕?則以爲比者,亦非也。然則此詩唯以"左右流之"與"寤寐求之"而已,其荇菜與淑女固絶無相似之點也。不特荇菜參差與淑女窈窕不相似,即"左右流之"與"寤寐求之"亦無相似,唯以流興求耳。

---

① □,原漫漶不清,疑作"勼"。《説文·勹部》:"勼,聚也。从勹,九聲。讀若鳩。"
② 寤寐,原作"寐寤",據《毛詩正義》乙正。

螽斯羽，詵詵 shēnshēn 兮。宜爾子孫，振振（衆盛貌）兮。（《國風·周南·螽斯》）

《鄭箋》云："凡物陰陽情慾者，無不妬忌，維蚣蝑 xū[①] 不耳，各得受氣而生子，能詵詵然衆多。后妃之德能如是，則宜然。"由《鄭箋》之説，"螽斯"二句爲比。則無怪乎後人謂"螽斯"爲蝗類，不應以比后妃也。吾以"詵詵"説當如馬瑞辰[②]説，爲形容羽聲衆多（説見馬瑞辰《毛詩傳箋通釋》），詩人聞聲螽斯之鳴甚盛，因以興后妃子孫之衆多。非以螽斯多子，喻后妃之多子；又非以螽斯不妬忌，喻后妃不妬忌也。作詩者，祇因其詵詵之聲而興起，初不計及螽斯之爲何物也。

然則賦、比、興之義可知矣。賦最實，故爲鋪陳；比次之，而以二事有相似之點以爲比儗；興最虚，爲一時一端之感觸而已。

復次，《鄭志》（三國魏經學家鄭小同撰。仿《論語》記鄭玄答弟子問，共八篇）："張逸（鄭玄弟子）問：'何《詩》近於比、賦、興？'答曰：'比、賦、興，吴札（吴公子季札）觀《詩》已不歌也。孔子録《詩》，已合《風》《雅》《頌》中，難復摘別。'"據鄭（鄭玄）意，則賦、比、興昔自爲篇，自孔子始合之於《風》《雅》《頌》中，則是今《雅》《頌》之各篇，已爲孔子所雜亂。每篇之詩，非一時之事，非一人之言。孔子删《詩》，乃至於亂《詩》，有是理乎？孔（孔穎達）疏云："鄭言賦、比、興者，是文辭之異，非篇卷之別，故言遠從本來不別之意。言'吴札觀[③]《詩》已不歌'，明其先無別體，不可歌也；'孔子録

① 蚣蝑，原作"蚣蝟"，據《毛詩正義》改。蚣蝑即螽斯。

② 馬瑞辰（1777—1853），字獻生，號元伯，清安徽桐城人。官至工部員外郎，主講江西白鹿洞等書院。少傳父業，爲訓詁之學，篤守家法，義據通深。著有《毛詩傳箋通釋》，是清代解釋和研究《詩經》的代表作之一。

③ 觀，原作"歌"，據《毛詩正義》及前文改。

《詩》,已入《風》《雅》《頌》中',明其先無别體,不可分也。"(語出《毛詩大序》孔疏,與原文略異)此孔君曲辭解鄭君之言,以就己説耳,而孔説則甚允也。

夫賦、比、興爲文辭之異,散在《風》《雅》《頌》中。古來學者,皆無異説。唯今人章炳麟以謂不然。其説略云:

賦 《藝文志》(班固《漢書》篇名)曰:"不歌而誦,謂之賦。"……荀子有《賦篇》,……至屈原益閎肆(宏大恣肆)。明賦文繁,不可有被管絃。蓋賦者比於甲兵車乘,簡閲(翻檢查閲)簿録,貴其多陳臚(lú。陳列展示),故不被管絃,則不依詠也。不道性情,則史篇凡將之流也,是故周樂與三百篇皆簡去賦。

比 比者,辯也[①]。……比、辨(通"辯"。下同)聲相轉,得互借。自伏犧 xī 有《駕辯》,夏后啓而有《九辯》《九歌》。《九歌》在六詩外,《九辯》則爲比。晚周宋玉,猶儀刑(效法)之,故辯亦文繁,不補管絃。周樂及三百五篇因此無比。

興 興,《周官》(即《周禮》)字爲"廞 xīn[②]"。《大師》:"大喪,帥瞽(gǔ,盲眼樂師)而廞[③];作(起也)匱(同"柩",靈柩)[④],謚(作謚號)。"鄭君曰:"廞,興也,言王之行。謂諷誦其治功之詩,故書'廞'爲'淫'。"鄭司農云:'淫,陳也,陳其生時行迹,爲作謚。'"《瞽矇》:"諷誦[⑤]詩。"(鄭衆云:"'諷誦詩',主誦詩以刺君過。")鄭君曰:"主謂廞[⑥]作柩謚時也。諷誦王治功之

① 也,原作"色",據章太炎《檢論》改。
② 廞,原脱,據《檢論》補。
③ 廞,原脱,據《檢論》補。
④ 匱,原脱,據《檢論》補。
⑤ 諷誦,原作"誦諷",據《檢論》《周禮注疏》乙正。
⑥ 廞,原作"謚",據《檢論》改。

詩，以爲謚。”比爲與興誄（lěi，古時累述死者生前功德，表示哀悼並以之定謚）相似，交近述贊，則詩之一術也。王侯衆多，仍世誄述，篇第填委（紛集，堆積），不可徧觀①。……故周樂與三百篇無興。（以上三則均節選自章太炎《檢論・六詩説》，與原文略異。）

今按章氏之言固辨（清晰）矣，然《周禮》原文云：

大師掌六律（古代樂音標準名。指黄鐘、太蔟、姑洗、蕤賓、夷則、無射六陽律）六同（又稱“六吕”，古代樂音標準名。指大吕、應鐘、南吕、函鐘、小吕、夾鐘六陰律），以合陰陽之聲。……教六詩曰風，曰賦，曰比，曰興，曰雅，曰頌。以六德爲之本，以六律爲之音。（《周禮・春官宗伯第三》）

孫詒讓注云：“‘以律爲之音’者，明教詩歌者又當調律和其音。”然則由《周禮》之文觀之，大師所教之賦、比、興，皆可被之管絃者也。《詩序》原文云：

詩者，志之所之也。在心爲志，發言爲詩。情動於中，而形於言。言之不足，故嗟歎之。嗟歎之不足，故永（長）歌之。永歌之不足，不知手之舞之，足之蹈之也。情發於聲，聲成文，謂之音。……故正得失，動天地，感鬼神，莫近於詩。先王以是經（治理）夫婦，成孝敬，厚人倫，美教化，移風俗。故《詩》六義焉：一曰風，二曰賦，三曰比，四曰興，五曰雅，六曰頌。

① 觀，原作“歌”，據《檢論》改。

“聲成文”者,《鄭箋》云:“宫、商上下相應。”然則由《詩序》之文觀之,六義之賦、比、興,蓋皆道性情,而又皆被之管絃也[①]。章氏之説於《周禮》之“六詩”、《毛詩》之“六義”,無一當者,其説之不足立蓋審(清楚)矣。

或曰:“然則風、雅、頌與賦、比、興,既各爲一類,一爲詩篇之異體,一爲詩文之異辭。本孔疏。[②] 然何以《周禮》《毛詩》均以風、賦、比、興、雅、頌爲次,而不以風、雅、頌、賦、比、興爲次乎?”應之曰:“此古人順言語之自然,而爲之次耳。蓋風與[③]賦爲雙聲,故以賦次風。賦與比聲母亦近,古音多相混,可以謂之準雙聲,故以比次賦。賦、比既相次,故以類相從,而以興次之。雅、頌本在風後,故以雅、頌殿焉。此自然之序,固不必别具深意也。”

十七年(1928)十一月。

① 也,原誤重,據文意删一“也”字。

② 《毛詩大序》孔疏云:“然則風、雅、頌者,詩篇之異體;賦、比、興者,詩文之異辭耳。大小不同,而得並爲六義者,賦、比、興是《詩》之所用,風、雅、頌是《詩》之成形。用彼三事,成此三事,是故同稱爲義。”

③ 與,原誤重,據文意删一“與”字。

二《南》説

《詩》有《周南》《召南》，古訓均以爲"南"爲南北之南。惟馬瑞辰《毛詩傳箋通釋》云：

> "南"蓋商世諸侯之國名。《水經注》引《韓詩序》曰："二南，其地在南陽、南郡(馬瑞辰引《楚地記》："漢江之北爲南陽，漢江之南爲南郡。")之間。"《史記·夏本紀》夏之後有男氏，《世本》(古書名。記載黄帝以來至春秋時列國諸侯大夫的氏姓、世系、居、作等。已散佚，清代有多種輯本)作"南氏"，《潜夫論》(東漢王符撰寫的一部政論專著)亦作"南"。《逸周書·史記解》："昔南氏有二臣貴寵，力均勢敵，競進争權，下争朋黨，君弗能禁，南氏以分。"是古二南分國之由。周、召二公分陜，蓋分理古二南之地。故周、召各繫以南。

馬氏以"南"爲國名，引《逸周書》之南氏爲證。然古有南氏，未必即爲《周南》《召南》之"南"也。又有以爲《南》《雅》之"南"，以謂《詩》有《南》《風》《雅》《頌》四者。所引皆碎義孤證，於古無徵，亦無足取。吾以爲"南"仍當從古訓爲南北之南。惜自來學者習用古説，而於所以名南之旨，則猶未能心知其意也。

柱以爲二《南》者，言進化之詩也。所謂進化者，謂由野蠻而進於文明也。夫二《南》何以言進化？曰：此孔子删《詩》之意，孔子之所自言，非吾之私説也。孔子不云乎："人而不爲《周南》《召南》，其猶正牆面而立。"(《論語·陽貨》)夫"正牆面而立"，則無前路之進步可知。取譬於人，則爲面牆，不能進步；若言政治，則爲無進化。孔子此言，蓋謂人而不治《周南》《召南》之道，則不明古代政治、風俗進化之理，則無進化之望也。然則《周南》《召南》爲言進化之詩審矣。《詩序》曰："南，言化自北而南也。"《鄭箋》云："從岐周(岐山下的周代舊邑。地在今陝西省岐山縣境，周建國於此，故稱)被江、漢之域。"曰"自"、曰"從"，均可見其化之由近而遠，由小而大，使野蠻之族進化而爲文明。此二《南》之詩，所以爲可貴也。

夫所謂文明、野蠻者，有禮義與無禮義之别耳。禮義之起，其始於夫婦之别乎！《易·序卦傳》云："有天地然後有萬物，有萬物然後有男女，有男女然後有夫婦，有夫婦然後有父子，有父子然後有君臣，有君臣然後有上下，有上下然後禮義有所錯(通"措"，施行)。"然則禮義生於人倫，人倫起於夫婦明矣。清儒焦循[1]作《原卦》，頗得其指要。兹節録如下：

> 伏羲氏之畫卦也，其意質而明，其功切而大。或以精微高妙説之，則失矣。陸賈[2]《新語》云："先聖乃仰觀天文，俯察地理，圖畫乾坤，以定人道。民始開悟，知有父子之親、君臣

---

① 焦循(1763—1820)，字里堂，一字理堂，清江蘇甘泉(今屬江蘇揚州)人。博學多才，於經史、曆算、聲韻、訓詁無所不精。著有《易通釋》《易圖略》《易學章句》《孟子正義》《毛詩補疏》《里堂學算記》《劇説》等。

② 陸賈，漢初楚人。從漢高祖定天下，長於口辯。曾兩度出使南越，官至太中大夫。著有《新語》，大旨爲崇王道，黜霸術。亦擅辭賦，作品已佚。

之義、夫婦之道、長幼之序。於是百官立，王道乃生。”《白虎通》(又稱《白虎通義》。班固撰，記録漢章帝時在白虎觀議五經同異的結果)云：“古之時未有三綱六紀[1]，人但知母，不知其父。於是伏羲仰觀象於天，俯察法於地，因夫婦，正五行，始定人道。畫八[2]卦，以治下。”譙周[3]《古史考》云：“伏羲制嫁娶，以儷皮(成對的鹿皮)爲禮。”伏羲之前有男女，而無定偶，則人道不定。伏羲定人道，而夫婦正，男女别。

《序卦[4]傳》云：“有天地然後有萬物，有萬物然後有男女，有男女然後有夫婦，有夫婦然後有父子，有父子然後有[5]君臣，有君臣然後有上下，有上下然後禮義有所措。”所以明伏羲定人道之功也。知母不知父，則同于禽獸。父子、君臣、上下、禮義必起於夫婦，則伏羲之定人道，不已切乎？

以知識未開之民，圖畫八卦以示之，而民即開悟，遂各遵用嫁娶，以别男女而知父子，非質而明，能之乎？故在後世觀所畫之卦，陰陽、奇偶而已。而在人道未定之先，不知有夫婦者知有夫婦，不知有父子者知有父子，人倫、王道自此而生。非聖神廣大，何以能此？然則伏羲之卦可知矣，爲知有母而不知有父者示也。(焦循《易圖略・原卦》)

---

① 三綱六紀，宗法社會下的九種倫常關係。三綱指君爲臣綱，父爲子綱，夫爲婦綱；六紀指諸父有善，諸舅有義，族人有序，昆弟有親，師長有尊，朋友有舊。三綱法天地人，六紀法六合。大者爲綱，小者爲紀。所以張理天下，整齊人道也。説見《白虎通・三綱六紀》。

② 八，原脱，據《易圖略・原卦》補。

③ 譙周(約201—270)，字允南，三國巴西西充(今屬四川)人。曾仕蜀漢，爲光禄大夫；降魏後，封陽城亭侯。研精經學，尤善書札。著有《法訓》《五經論》《古史考》等，均已佚。

④ 序卦，原作“繫辭”，據《易圖略・原卦》《周易・序卦傳》補改。

⑤ 父子，有父子然後有，原脱，據《易圖略・原卦》《周易・序卦傳》補。

又云:“性情之大,莫若男女。”自注:見《白虎通》。人之性孰不欲男女之有别也。方人道未定,不能自覺,聖人以先覺覺之,故不煩言而民已悟焉。

蓋《易》之爲書,乃示人類進化之程序者也。然則太史公云:“《易》始《乾》《坤》,《詩》始《關雎》。”(《史記·外戚世家》)《乾》《坤》者,六十四卦之始也;《關雎》者,二《南》之始也。豈非以其别夫婦,定父子,同爲人類進化於文明之始乎?兹將二《南》之詩關於進化者,試略論之。

> 關關雎鳩,在河之洲。窈窕淑女,君子好逑。
>
> 參差荇菜,左右流之。窈窕淑女,寤寐求之。求之不得,寤寐思(思爲語助詞)服(思念),悠(憂)哉悠哉,輾轉反側。
>
> 參差荇菜,左右采之。窈窕淑女,琴瑟友之。參差荇菜,左右芼(mào,擇取)之,窈窕淑女,鐘鼓樂之。

此《周南·關雎》之詩也。《序》云:“后妃之德也,《風》之始也,所以風天下而正夫婦也。”此詩學者弟(僅僅)知其爲詠后妃之德而已。夫果爲后妃之德而已,則后妃未嘗在南國,列于周詩宜矣,乃何爲而列於《周南》乎?且詩之所詠,謂淑女配君子,而極力形容其夫婦相得之樂耳。此雖爲“刑(通“型”,法。此作動詞用,意即示範)于寡妻(指君王謙稱己妻。朱熹《詩集傳》謂“猶言寡小君”)”(《大雅·思齊》)之化,然世之賢夫婦,相得相樂者亦多矣,而古之聖人何爲獨推重《關雎》之甚邪?且詩爲詠夫婦之相得,則婦人有德,君子亦有德焉。詩曷不言文王之德,而獨言爲后妃之德邪?則宜乎反對古《序》者,謂《序》作於漢,漢家沿吕后之慣習,牝(pìn,雌也)雞司晨。[①]

① 牝雞司晨,典出《書·牧誓》:“古人有言曰:‘牝雞無晨。牝雞之晨,惟家之索。’”僞《孔傳》:“喻婦人知外事,雌代雄鳴則家盡,婦奪夫政則國亡。”

故漢儒但知有母后，而其所言如此也。嗚呼！此皆不善讀《詩》、不善讀《序》者之過也。

詩列于《周南》，《序》云："所以風天下而正夫婦。"則南國之舊俗，其夫婦必爲不正，而男女無别。男女無别，由於婦人之不知貞一。南國之婦人，必有受后妃之化而爲貞一。由是而男女别，夫婦定，而文明日進。故曰"后妃之德，《風》之始也"。夫無夫婦之别者，而使之有夫婦之别；無禮義者，而進之爲禮義。此文化之始也，此《關雎》之詩所以爲大也。

南有喬木，不可休思(思爲語助詞。下同)。漢有游女，不可求思。漢之廣矣，不可泳思。江之永(水流長貌)矣，不可方(以筏渡河)思。

翹翹(高而挺拔貌)错薪(雜亂的柴草)，言刈(yì，割取)其楚(植物名，荆屬)。之子(是子，指游女)于歸(歸於夫家，指出嫁)，言秣(mò，喂養)其馬。漢之廣矣，不可泳思。江之永矣，不可方思。

翹翹错薪，言刈其蔞(lóu，蒿草)。之子于歸，言秣其駒。漢之廣矣，不可泳思。江之永矣，不可方思。

此《周南·漢廣》之詩也。《序》云："《漢廣》，德廣所及也。文王之道被于南國，美化行乎江、漢之域，無思犯禮，求而不可得也。"然則當文王之化，未行於江漢之時，其婦女可以無禮干犯也審矣。及被文王教化之後，男固無思犯禮；即有犯者，其婦人亦知貞一之義，求而不可得。以是可知文王之道，能進人於禮義，化人於廉恥。蓋由野蠻而進於文明，斯《漢廣》之所以可貴也。不然，則後世稍知禮法之人，皆能守之，何足多也。

又按《易·屯》六二云："屯 zhūn 如邅 zhān 如(屯、邅義同，爲難行不進貌。如，語助詞），乘馬班如（盤桓不進貌。班，通“盤”）。匪（同“非”）寇婚媾，女子貞不字（女子出嫁曰字），十年乃字。”正與此詩所言情事相類。“乘馬班如”，所謂“言秣其馬”也；“匪寇婚媾”，則欲求之者也；《序》云“求而不可得”，是必有求之者。“女子貞不字”，則所謂“不可求思”者也；“十年乃字”，即六四所謂“乘馬班如，求婚媾；往吉，无不利”者。是蓋文王教化既行之後，以禮嫁娶者矣。蓋《序》言“無思犯禮，求而不可得”，則必以禮相求，而後可得矣。蓋文王開化南國之民族，使之文明，其事實如此，故爻辭亦演其義也。此《詩》與《易》相合者也。

遵（循也）彼汝（汝水，古水名。源出今河南天息山，向東南流入淮河）墳（通“濆”fén，堤岸），伐其條枚（枝曰條，幹曰枚，條枚指枝幹）。未見君子，惄（nì，憂貌）如調飢（調，通“朝”，調飢，指朝起未進食的饑餓狀態）。

遵彼汝墳，伐其條肄（新生的枝條）。既見君子，不我遐（遠）棄。

魴 fáng 魚（又稱鯿魚。體廣而扁，頭尾尖小，鱗較細）赬（chēng，紅色）尾，王室如燬（huǐ，烈火）。雖則如燬，父母孔（甚）邇（近）。

此《周南・汝墳》之詩也。《序》云：“《汝墳》，道化行也。文王之化，行乎汝墳之國。婦人能閔其君子，猶勉之以正也。”此詩與《序》，世之解者，亦多不得其意，今略爲説之。蓋未開化之民族，知有母而不知有父，以其匹配未定也。其後匹配既定，民知有父母矣。及其長而成夫婦，則又止知夫婦戀愛，而不知有養父母之義務。其夫遠去，婦人悲怨，當此之時，必有因戀愛而不顧父母之養者。讀此則《汝墳》之國，未受文王教化之時，猶尚如此。既受文王教化之後，而後夫婦乃知養親之義。故第一章“惄如調飢”，言其思君子之切也；第二章“不我遐棄”，言君子之必不棄己也。此皆《序》所謂“發乎情”，又此《序》所謂“能閔其君子”者也。第三章云：“雖則如燬，父母孔邇。”《韓詩》云：“家貧老親，不擇官而仕。”下文即引此二句，蓋謂父母年老，夫婦之愛情雖篤，亦不得不任職於外，以求禄養。此所謂“止乎禮義”，又此《序》所謂“勉之以正”者也。蓋已由知有母不知父之俗，一進而爲知有父母之俗，再進而爲知孝養父母之俗矣。

> 麟之趾，振振（zhēnzhēn，信實仁厚貌）公子。于嗟（即吁嗟，歎詞）麟兮！
>
> 麟之定（額），振振公姓。于嗟麟兮！
>
> 麟之角，振振公族。于嗟麟兮！

此《周南·麟之趾》之詩也。《序》云：“《麟之趾》，《關雎》之應也。《關雎》之化行，則天下無犯非禮，雖衰世之公子，皆信厚如《麟趾》之詩[①]也。”此詩與《序》，學者亦皆不得其解。“時”疑“詩”字之聲誤，“應”非瑞應之應，謂有《關雎》之詩所歌詠貞一之化行于彼，故有《麟趾》之詩所詠信厚之效應于此也。蓋女子淫放而不貞一，則男子必澆漓而不信厚。當《關雎》之化未被乎南國之際，其俗蓋如此也。及化行之後，於是女子一改其前日無恥之行，故雖有欲以非禮相犯者亦不可得，《漢廣》之詩是也。繼則男子亦知信厚，毋犯非禮，《麟趾》之詩是也。蓋《漢廣》之化，止及女子；《麟趾》之化，已及男子。《漢廣》之時，男子尚有求者；《麟趾》之時，則男子亦無求之者矣。《序》云：“衰世之公子。”則

---

① 詩，《毛詩正義》通行本作“時”。

紂時教化未行之時，公子必恃勢而爲强暴侵凌者也。又云“皆信厚如《麟趾》之詩”者，謂既受文王之化，則一變其習，其信厚皆如《麟之趾》之詩之所云也。

于（通“於”wū 或“烏”，何處。下同。説見林義光《詩經通解》）以采蘩（fán，即白蒿，一種水生植物）？于沼于沚（zhǐ，水中小塊陸地）。于以用之？公侯之事。

于以采蘩？于澗之中。于以用之？公侯之宫（廟也）。

被（通“髲”bì，一種首飾）之僮僮（tóng tóng，盛貌），夙夜在公。被之祁祁（盛多貌），薄言（薄言，語助詞）旋（返也）[1]歸。

此《召南·采蘩》之詩也。《序》云：“《采蘩》，夫人不失職也。夫人可以奉祭祀則不失職矣。”

于以采蘋？南澗之濱。于以采藻？于彼行潦（行潦指水流。行，通“衍”。溝水之流曰衍，雨水之大曰潦。説見馬瑞辰《毛詩傳箋通釋》）。

于以盛之？維筐及筥（jǔ，圓形竹器。圓曰筐，方曰筥）。于以湘（烹煮）之？維錡（qí，有足鍋）[2]及釜（無足鍋）。

于以奠（置放祭品）之？宗室（大宗之廟）[3]牖（yǒu，窗户）下。誰其尸（主持祭祀）之，有（語助詞）齊（同“齋”，齋戒，虔敬）季女（少女）。

此《召南·采蘋》之詩也。《序》云：“《采蘋》，大夫妻能循法

① 旋，《毛詩正義》一本作“還”。還，音義同“旋”。

② 錡，原作“以”，據《毛詩正義》改。

③ 宗室，原作“宗宗”，據《毛詩正義》改。

度也。能循法度,則可以承先祖,共祭祀矣。”此與《采蘩》二篇,皆言祭祀之事。蓋《汝墳》之詩,始知孝養之道;而《采蘩》《采蘋》,則又進而知祭祀,有追遠之義矣。

喓喓草蟲,趯趯阜螽。未見君子,憂心忡忡。亦既見止,亦既覯止,我心則降。

陟(zhì,登)彼南山,言采其蕨。未見君子,憂心惙惙(chuòchuò,憂愁不絶貌)。亦既見止,亦既覯止,我心則説(同“悦”)。

陟彼南山,言采其薇。未見君子,我心傷悲。亦既見止,亦既覯止,我心則夷(平静)。

此《召南·草蟲》之詩也。《序》云:“《草蟲》,大夫妻能以禮自防也。”或曰:“‘大夫妻能以禮自防’,何足爲異乎?”曰:“《序》云:‘南,謂化自北而南。’”然則當文王之化未南之時,南國男女之别尚未嚴。雖大夫之妻,有不能以禮自守者,其習俗然也。及文王之化既行之後,而夫婦之别始謹,故曰“未見君子,憂心忡忡”。若在昔時,則因久别而有外遇矣,何憂心之足云。此文王之化,所以可貴,而詩人所以詠歌之也。不然,此在後世庶民之家,稍有《詩》《書》之澤者,其婦女尚知以禮自守。况大夫之妻,更何足爲異乎?

厭浥(厭,通“湆”qì,幽濕。浥 yì,濕也。厭浥,露水潮濕貌)行(háng,道路)露,豈不夙夜?謂(通“畏”)行多露。

誰謂雀無角,何以穿我屋?誰謂女(同“汝”。下同)無家,何以速(招致)我獄(打官司)?雖速我獄,室家(成室成家,即結婚)不足。

誰謂鼠無牙，何以穿我墉（yōng，牆）？誰謂女無家，何以速我訟？雖速我訟，亦不女從（“不從女”之倒文）。

此《召南·行露》之詩也。《序》云：“《行露》，召伯聽訟也。衰亂之俗微，貞信之教興，彊[1]暴之男，不能侵凌貞女也。”此詩學者亦多不得其解，今特詳爲釋之。蓋在未開化之族，有刼（同“劫”）婚、誘婚、買婚之俗。《易》稱“匪寇婚媾”，有是刼婚之證也。又稱“見金夫，不有躬”，是買婚之證也。至《野有死麕 jūn》（《國風·召南》篇名）所謂“吉士（美善之士）誘之”，及《南有喬木》所謂“漢有游女，不可求思”，皆可見當時有誘婚之俗也。

聖人制禮，多因勢而利導。刼婚者必於昏夜，故結婚亦必於昏時。而婚字從昏，古即以昏爲之。刼婚則壻（同“婿”）必至女家，故娶婦有親迎之禮。今廣西南寧娶婦之風俗，當迎娶時，女家尚有堅閉其門，佯爲不知。待男家人馬至，猛擊數下，放炮數響，然後啓門使之入者。入門之後，甚有女子亦佯爲隱匿。待男子尋獲，假作捕捉之狀，負之出門，始使之登輿者。此則刼婚之遺風。蓋將由刼婚而變爲迎娶之過渡時代之風俗也。買婚者以財帛，故娶婦者亦必有儷皮之聘。誘婚者，男女相誘，故娶婦者遂易爲媒妁之相導。

南國當文王之化既南之後，乃始漸變。然行之未久，强暴獨有未化者。此詩之作，必當文王教化未盛行於南國之時，始則曾馮（同“憑”）媒訂婚，其後則聘禮未備，而男家恃其强暴，復有刼婚之事。故首章云：“厭浥行露，豈不夙夜？謂行多露。”多露，夜間刼婚之時也。謂我豈不夙夜戒懼，謂道之多露，汝必將來刼我乎？既而刼之不得，則强暴之男，又必爲先發制人之計，自稱媒

① 彊，原作“疆”，據《毛詩正義》改。

妁已定，聘禮已備，親迎被歫（同“拒”。下同），訴之於法。於是人見其敢訴於法也，則以爲男直而女曲矣。“誰謂雀無角，何以穿我屋？”角，鳥喙也。從俞樾説。謂何人不以屋之穿，而謂雀之有角乎？不知雀雖有角，不足以穿屋。何人不謂汝之可速我於獄，而以爲汝已合室家之禮乎？不知汝雖有媒妁之言，而他禮未備，是室家之禮不足也。“雖速我獄，室家不足”，謂今雖能速我於獄，而室家之禮不備，我終得直也。第三章鼠牙之喻，其義亦同。惟“亦不女從”，與上章“室家不足”互文見義。“室家不足”，故終不能成我之獄而不汝從也。“不足”者，謂有之不足，非謂盡無也。細味“不足”二字，知上文鳥角、鼠牙之爲有，而不足以穿屋穿墉明矣。此事在他人則易爲强暴之男所欺，而召伯則否，終以强暴之男爲不直，而有以革其刼婚之風。其有功於進化甚大，故詩人歌其事以美之。而《序》曰：“召伯聽訟也”，若在後世禮教明備之時，女被刼而不從，亦常事耳，何足爲賢乎？

殷（yǐn，雷聲）其靁（同“雷”），在南山之陽。何斯（此人）違（離去）斯（此地）？莫敢或（有）遑（閒暇）。振振君子，歸哉歸哉！

殷其靁，在南山之側，何斯違斯？莫敢遑息（息指止息）。振振君子，歸哉歸哉！

殷其靁，在南山之下。何斯違斯？莫或遑處（處指居處）。振振君子，歸哉歸哉！

此《召南·殷其靁》之詩也。《序》云：“《殷其靁》，勸以義也。”《鄭箋》云：“歸哉歸哉！勸以爲臣之義，未得歸也。”按此詩蓋因聞靁聲而思君子之所在也。“何斯違斯？莫敢或遑”，閔其勤勞，國爾忘家也。閔之即所以勸之也，《序》所謂“勸以義也”。

"歸哉歸哉",望其歸也。望其歸,則其君子之以義而不得歸可知矣。蓋《汝墳》之詩,由知有夫婦而不知父母之俗,一進而知有孝養其父母之義。《殷其靁》之詩,又由愛父母而進爲愛國之義矣。是由家族觀念,而進爲國家觀念也。

摽(biào,落)有梅,其實七(七成)兮。求我庶(衆)士,迨(及,趁着)其吉(吉日)兮。

摽有梅,其實三(三成)兮。求其庶士,迨其今兮。

摽有梅,頃筐(頃,同"傾"。頃筐,斜口筐)塈(jì,取)之。求我庶士,迨其謂[1]之(朱熹集傳:"謂之,則但相告語,而約可定矣。")。

此《召南·摽有梅》之詩也。《序》云:"《摽有梅》,男女及時也。召南之國,被文王之化,男女得以及時也。"然則南國未被文王之化之時,男女婚姻或誘或買或刼,貌美者早婚,色衰者失時。及被化之後,乃一變其俗也。

野有死麕(jūn,獐子,鹿的一種),白茅(多年生草本,花穗上密生白色柔毛,古代常用以包裹祭品)包之。有女懷春,吉士誘之。

林有樸樕(sù。樸樕指小樹),野有死鹿。白茅純 tún 束(純、束同義,指捆束),有女如玉。

舒(舒緩)而脱脱(通"娧娧"tuìtuì,舒遲貌)兮,無感(通"撼",動也)我帨(shuì,佩巾)兮,無使尨(máng,多毛狗)也吠兮。各本"吠"下無"兮"字,此從敦煌唐寫本。

① 謂,原作"位",據《毛詩正義》改。

此《召南·野有死麕》之詩也。《序》云:"《野有死麕》,惡無禮也。天下大亂,强暴相陵,遂成淫風。被文王之化,雖當亂世,猶惡無禮也。"蓋文王之化未南之時,男女相誘買、相刼奪,不知有禮。及行化之後,乃知惡無禮也。第一、第二兩章,蓋言其欲誘買之事。第三章則將被刼而嚴岠之辭。故《序》云"惡無禮也"。"吉士"之"吉",當訓善,善與美同意,吉士猶言美士,謂身體碩美也。

以上諸詩,皆言男女之别,蓋由一妻多夫之制,而進爲一夫一妻之制矣,久之則反而爲一夫多妻焉。蓋女子由雜交而進爲貞一,再由貞一而進爲不妒,蓋女權亦從此墮落矣。夫妬,女人之天性也。能去其妬,則其制慾之心,亦有難能而足貴者矣。

南有樛(jiū,《鄭箋》"木下曲曰樛")木,葛藟(lěi,葛藟指藤葛類蔓生植物)纍(léi,纏繞)之。樂只(只爲語助詞)君子,福履(履,禄也,福履,福禄。)綏(安定)之。

南有樛木,葛藟荒(掩蓋)之。樂只君子,福履將(扶助)之。

南有樛木,葛藟縈[1]之。樂只君子,福履成(成就)之。

此《周南·樛木》之詩也。《序》云:"《樛木》,后妃逮下也,能逮下而無嫉妬之心焉。"孔疏云:"言后妃能以恩意接及其衆妾。"是一夫多妻,而妻能不妒也。

嘒(huì,微小閃爍貌)彼小星,三五(朱熹集傳:"三五,言其稀,蓋初昏或將旦時也。")在東。肅肅(疾貌)[2]宵征(夜行),夙夜

---

① 縈,原作"榮",據《毛詩正義》改。

② 後"肅"字,原作"蕭",據《毛詩正義》改。

在公，實（又作“寔”。是，此也。下同）命不同。

嘒彼小星，維參（shēn，二十八宿之一）與昴（mǎo，二十八宿之一）。肅肅宵征，抱衾（qīn，被子）與裯（chóu，床單），實命不猶（如也）。

此《召南·小星》之詩也。《序》云：“《小星》，惠及下也。夫人無妬忌之行，惠及賤妾，進御于君，知其命有貴賤，能盡其心矣。”此比《樛木》之意又進一步。《樛木》止言后妃不妬忌，能逮下，此則妾亦能安分不妬忌，而以禮相讓也。

江有汜（sì，朱熹集傳：“水决復入爲汜。”），之子歸，不我以（“不以我”之倒文，意即不需要我）。不我以，其後也悔。

江有渚，之子歸，不我與。不我與，其後也處（《毛傳》訓止，《鄭箋》云“悔過自止”）。

江有沱（長江的支流），之子歸，不我過（至）。不我過，其嘯也歌。

此《召南·江有汜》之詩也。《序》云：“《江有汜》，美媵（yìng，姬妾婢女）也。勤而無怨，適（同“嫡”，正妻）能悔過也。文王之時，江沱之間，有適不以其媵備數，媵遇[1]勞而無怨，適亦自悔也。”此比《小星》益進一步矣。《小星》言妾之安分而已，此則媵又能感動其適，使之悔過。蓋不獨己不妬忌，且能使人之妬忌己者翻然悔過，則又更爲難能而可貴矣。

① 遇，原作“過”，據《毛詩正義》改。

淫詩辨

客有問於余曰：

朱子《詩集傳》，於《桑中》（《國風・鄘風》篇名）《溱洧 zhēnwěi》（《國風・鄭風》篇名）諸篇，《毛序》所謂“刺奔”“刺亂”者，於《木瓜》（《國風・衛風》篇名）《風雨》（《國風・鄭風》篇名）《子衿》（《國風・鄭風》篇名）諸篇，《毛序》所謂“美桓公”“思君子”“刺學校廢”者，於《蘀 tuò 兮》《狡童》（兩者皆《國風・鄭風》篇名）諸篇，《毛序》所謂“刺忽（指鄭昭公，姬姓，名忽）”者，諸如此類，概斥爲淫奔者自述之辭。然則朱子之説是邪非邪？

余曰：

此求之聖人删述之意而易知者也。客奚此之問？豈於聖人删述之意，尚有不能明者邪？

客曰：

自歐陽永叔（即歐陽修，字永叔）以《静女》（《國風・邶風》篇名）爲淫詩，（歐陽修《詩本義》卷三：“乃是述衛風俗，男女淫奔之詩爾。”）而朱子繼之，（見《詩集傳》卷二：“此淫奔期會之詩。”）大倡淫詩之説。當時之士，如吕伯恭[1]則極力護《序》，與朱子論難，於《桑中》《溱洧》

---

① 吕伯恭即吕祖謙（1137—1181），字伯恭，學者稱東萊先生。南宋婺州（轉下頁注）

之末，辨之尤詳。(詳吕祖謙《吕氏家塾讀詩記》卷五、八)其後馬貴與[1]則申毛抑朱(詳馬端臨《文獻通考·經籍考五》)，王柏[2]則宗朱黜毛，且欲删去三十二篇以去淫穢，(詳王柏《詩疑》卷一)各自以爲得聖人之旨。自是之後，漢宋學者互相水火，如同仇敵，議説紛紜，不可殫究。世之學者，苦無折衷久矣。然斯乃治經者之要事，説《詩》者之急務也。今吾子方有《詩》注之作，網羅百家，取精漢宋，亦必有説以辨其是非矣，可得聞乎？

余曰：

然。辨者雖衆，異議雖多，而可以數言蔽也。請爲客試言之。宗毛以攻朱者，可以二言蔽之：一曰《詩》有言在於此而意在於彼者，古《序》之説合於婉而多諷之義，而朱子之説則失之直；二曰孔子言《詩》"思無邪"(《論語·爲政》)，又言"放(指禁絶)鄭聲"(《論語·衛靈公》)，故三百篇不應有淫詩。而爲朱子之説以攻毛者，亦可以二言蔽之：一曰《序》求詩意於詩文之外，故多迂曲不通，不如求詩意於詩文之中，直捷而明白。二曰孔子言"放鄭聲"，蓋深絶其聲於樂以爲法，而於《詩》不黜，蓋嚴立其辭以爲戒。孔子言《詩》"思無邪"，正謂其有邪有正，故明言其皆可勸善懲惡。此二説者，皆似持之有故，言之成理，而各自以爲可以衝鋒陷敵，斬將搴(qiān，拔取)旗者也。今欲辨其是非，明所從舍，則有當明者四事：一曰古來之詩辭是否概當以直捷説之，絶不容

(接上頁注)(治所在今浙江金華)人。累官著作郎兼國史院編修官。與朱熹、張栻並稱"東南三賢"。著有《吕氏家塾讀詩記》《東萊左氏博議》《春秋左氏傳説》《春秋左氏傳續説》《吕東萊文集》等，與朱熹合編《近思録》。

① 馬貴與即馬端臨(約 1254—約 1340)，字貴與，饒州樂平(今屬江西)人。宋元之際史學家。元初任慈湖和柯山兩書院山長、臺州州學教授。所著《文獻通考》以詳述歷代的典章制度著稱。另著有《大學集傳》《多識録》等，均已佚。

② 王柏(1197—1274)，字會之，初號長嘯，後改號魯齋。南宋婺州金華(今屬浙江)人。立論新異，對儒家傳統經典多有質疑。著有《詩疑》《書疑》《魯齋集》等。

有委曲借託者乎？二曰詩與樂是否可以判然分離乎？三曰《論語》所謂“鄭聲”，《樂記》(《禮記》篇名)所謂“鄭、衛之音”，是否即三百篇之《鄭風》《衛風》乎？四曰孔子果當録淫詩否乎？凡此四者，如能解決，則是非既明，勝負自定，辨者無所開其喙矣。

一

客曰：

然則吾子以爲奚若？

曰：

自余觀之，則古來之詩辭，固多委曲借託，而不當概以字面直捷説之也。今即以朱子解《楚辭》者證之：

《楚辭·河伯》篇云：“子(指河伯)交手(指拱手告别)兮東行，送美人兮南浦(南邊的水岸)。波滔滔兮來迎，魚鄰鄰(又作“鱗鱗”。比次貌)兮媵(送)予。”朱子注曰：“三閭大夫豈至是而始歎君恩之薄乎？”《山鬼》篇曰：“若有人兮山之阿(彎曲處)，被(同“披”)薜 bì 荔(薜荔又稱木蓮，一種緣木而生的香草)兮帶(以……爲衣帶)女蘿(女蘿又稱松蘿、菟絲，一種蔓生植物)。既含睇(dì。含睇指含情斜視)兮又宜笑，子慕予兮善窈窕。”朱子注曰：“以上諸篇，皆人慕神之詞，以見愛君之意。此篇鬼陰賤而不可比君，故以人况君，鬼喻己，而爲鬼媚人之語也。”《湘君》篇曰：“采薜荔兮水中，搴芙蓉兮木末。心不同兮媒勞(意謂媒人勞而無功)，恩不甚兮輕絶(輕易離别)。”朱子注云：“此篇本以求神不答，比事君之不偶。而此章又别以事比求神而不答也。”《湘君》篇又云：“捐余玦(jué，環形而有缺口的玉佩)兮江中，遺余珮(玉佩)兮澧 lǐ 浦(澧水之濱。按，澧水在今湖南省，流入洞庭湖)。采芳洲兮杜若(香草名。葉廣披針形，味辛香。夏日開白花)，將以遺(wèi，贈與)兮下女。時不可兮再得，聊逍遥兮容與(從容悠閒貌)。"朱子注云:"此言湘君既不可見,而愛慕之心終不能忘,故欲解其玦珮以爲贈,又不敢顯然致之,以當其身。故但委之於水濱,若捐棄而墜失之者,以陰寄吾意,而冀其或將取之。"又云:"此篇情思曲折尤多,皆以陰寓忠愛於君之意。"然則屈子之辭,雖似乎男女相贈答、相迎送,而不能遂以字面直捷説之,亦朱子之所共認者也。夫本忠君愛國之情,而其詞則委曲借託如此,此《楚辭》之體也。而曾(zēng,乃)謂鄭、衛之詩人,則必無此體邪? 然則《采葛》(《國風・王風》篇名)《將仲子》《子衿》《蹇(通"褰"。下同)裳》(後三者皆《國風・鄭風》篇名)之等,未必即爲男女淫奔期會之詩,可知矣。

夫惟詩人之辭,多委曲借託,故文中之稱我,未必即爲作者之自稱。今再以朱子之解《楚辭》者證之。《山鬼》篇云:"子慕予兮善窈窕。"朱子注曰:"子則設爲鬼之命人,而予乃鬼之自命也。""采三秀(靈芝草的别名。靈芝一年開花三次,故又稱三秀)兮於山間,石磊磊(石頭衆多堆積貌)兮葛蔓蔓(葛草纏繞蔓延貌)。怨公子兮悵忘歸,君思我兮不得閒。"朱子注曰:"公子,即所留之靈修[1]也。鬼采芝於山間而思此人,雖怨[2]其不來,而亦知其思我之不能忘也。""山中人兮芳杜若,飲石泉兮蔭松柏,君思我兮然疑作。"朱子注云:"山中人,亦鬼自謂也。此又知其雖思我,而不能無疑信之雜也。"此等"我"字,爲屈平(屈原名平,字原)代山鬼之自稱,亦朱子之所共認者。夫有委曲寄託之情,而託爲他人、我之之辭,此《楚辭》之體也。而曾謂鄭、衛之詩人,則必無此體邪? 然則《蘀兮》《狡童》《蹇裳》《丰》《東門之墠 shàn》(此五者皆《國風・鄭風》篇名)諸詩之"予"字、"我"字,而朱子必指爲淫者之自予、自

---

① 靈修,見《山鬼》:"留靈修兮憺忘歸。"朱熹注:"靈修,亦謂前所欲媚者也。"又《離騷》:"夫唯靈修之故也。"朱熹注:"靈修,言其有明智而善修飾。"

② 怨,原脱,據《楚辭集注》補。

我，得無有誤者邪？

且詩人之辭固亦有本，非委曲借託而以“我”字代他人之稱者矣。《六月》(《小雅》篇名)之詩，朱子以詩人作歌以序吉甫(周宣王賢臣尹吉甫)之事者也。其一章曰：“玁狁(xiǎnyǔn，古代北方遊牧民族)孔(很)熾(盛)，我是用急。”其三章曰：“維此六月，既成我服(戎服)。”其六章曰：“來歸自鎬，我行永久。”此諸“我”字，爲詩人之自我邪？抑爲詩人之我吉甫邪？想朱子亦不以爲詩人之自我也。

夫《雅》詩可以代人之我，而曾謂《風》詩則必不能邪？《木瓜》之詩，《序》以爲“美桓公”。其詩曰：“投我以木瓜，報之以瓊琚(jū。《毛傳》：“瓊，玉之美者。琚，佩玉名。”)。”此詩人之我衛國、我衛君也。與《六月》詩之“我”，用法正同。而朱子必改爲詩人之自我，且疑爲男女相贈答之辭，得無誤邪？《丘中有麻》(《國風・王風》篇名)之詩，《序》以爲“思賢”。其詩曰：“彼留(通“劉”，大夫氏名)之子，貽(yí，贈送)我佩玖(指似玉的淺黑色石頭)。”此詩人之我莊王(指周莊王)、我國人也，與《六月》詩之“我”用法同也。而朱子必改爲淫婦之自我，得無誤邪？且《召南・野有死麕》之詩，朱子以爲“詩人因所見以興其事而美之”者也。其三章曰：“舒而脫脫兮，無感我帨兮，無使尨也吠。”朱子釋之曰：“此章乃述女子拒之之辭，言姑徐徐而來，毋動我之帨、驚我之犬。”是《召南》之詩，固有詩人直述所見之事，而代人我之者，亦朱子之所共認者也。豈鄭、衛之詩，則獨無此例邪？斯亦朱子所不能自解者矣。

客曰：

是則然矣。雖然，《桑中》之詩，淫亂污穢，而《序》以爲刺奔。豈有刺人之淫亂污穢，而反陷己身於淫亂污穢之中者邪？

余曰：

然。此亦可以朱子之説解之也。《鶉之奔奔》(《國風・鄘風》

篇名)之詩,朱子以爲假爲惠公之言而作者也。(見《詩集傳》卷一:"衛人刺宣姜與頑非匹耦而從也,故爲惠公之言以刺之。")其詩曰:"人之無良,我以爲兄。……我以爲君。""兄"指惠公之庶兄頑也,"君"謂惠公之母宣姜也。惠公之庶兄通於其母,天下之污穢淫亂,孰其過於此?而詩人置身於其中,不以爲嫌。然則古詩之體,固有如此者,而又何疑於《桑中》之詩乎?

客曰:

雖然是有辨,《鶉之奔奔》,譙讓(譴責,責問。譙,同"誚")質責之意甚嚴。而《桑中》之詩,則衹敷陳其事而已。豈有作詩以刺之,而自陷其身於所刺之中,而反不免於鼓之、舞之以勸其惡者乎?朱子之説,亦不可得而非矣。

曰:

不然。《桑中》之詩,就其詩而考之,亦可知其決非淫者之自作也。夫淫者爲一人乎?一人則何以能遍游沬(mèi,衛邑名,即朝歌)鄉、沬北、沬東,而淫三姓(指姜、弋、庸)之女乎?此與管世銘[①]説同。抑淫者爲三人乎?何其詞之相同如此也?是可知三姓之女有與人淫者則爲事實,而其詩之所陳,"采唐(唐即女蘿、兔絲,一種蔓生植物)""桑中(衛地名。一説泛指桑林之中)"之等,則爲詩人假設之辭無疑。若必以爲淫者自賦其事實而作,姑無論淫者爲一爲三,斷未有期會者必因於采唐、采麥、采葑(fēng,蕪菁),而苟合迎送又皆在於"桑中""上宫(衛宫室名)""淇上(淇水邊上)",如此其相同也。且所淫之女又豈能皆適爲孟,如此其畫一也?是非淫者自述其實事之文,而爲詩人設辭以刺之作明矣。

且朱子又不知詩人所以作《詩》之意矣。詩人傷其國俗之多

---

① 管世銘(1738—1798),字緘若,號韞山,清江蘇陽湖(在今江蘇常州)人。官至軍機章京。工詩、古文,著有《韞山堂詩集》《韞山堂文集》等。

淫亂，而世族亦染其風。故託爲其人之辭，使揚而傳之，庶幾朝廷知之，而知以移風易俗。世族知之，羞恥而思改。其作用蓋類於後世之匿名報告矣。序《詩》者知其意，故曰“刺奔”也。《桑中》既明，他可隅反（類推。語本《論語・述而》：“舉一隅，不以三隅反，則不復也。”）。然則《詩》辭之果有委曲借託，不能概以字面直捷説之。而朱子概以直捷説之，斥爲淫詩，其不能無失也決（必定）矣。

且吾嘗究孔子之言，而知詩人立言之體矣。孔子曰：“誦《詩》三百，使於四方，不能專對（獨立應對），雖多亦奚以爲？”（《論語・子路》）《漢書・藝文志》最得其旨，其言曰：“古者諸侯卿大夫交接鄰國，以微言相感，必稱《詩》以喻其志，蓋以別賢不肖而觀盛衰焉。故孔子曰‘不學《詩》，無以言’（《論語・季氏》）也。”夫稱《詩》者，取其微辭相感，則學《詩》者亦必學其微辭相感之法，以爲辭令，而《詩》體之多委曲借託，蓋可證矣。而朱子則似尚未留意及此也。

二

客曰：

敢問其次所謂詩與樂，是否可以判然分離乎？

曰：

以余觀之，殆未可判然分離也。《吕氏春秋・古樂》篇云：“文王弗許伐殷，周公作‘文王在上’（《大雅・文王》）之詩。武王即位，乃命周公作《大武》（一種周樂）。”《音初》（《吕氏春秋》篇名）篇云：

夏后氏孔甲（夏代君主，名孔甲。后，君也）田（打獵）於東山

（《吕氏春秋》原文作“東陽萯山”，此爲其省稱），作爲《破斧》之歌，實作爲東音。禹行見塗山（地名，相傳爲夏禹娶塗山女及會諸侯處。其地説法不一。高誘注：“塗山在九江，近當塗也。”）之女，女乃作歌，歌曰“候人兮猗（yī，語助詞，猶兮）”，實始作爲南音。周公及召公取風焉，以爲《周南》《召南》。殷整甲（即商王河亶甲，名整）徙宅西河（古地名，指黄河西岸的殷城，疑在今河南内黄東南），猶思故處，實始作爲西音。長公（一方諸侯之長，此指周昭王之臣辛餘靡）繼是音以處西山，秦穆（秦穆公）取風焉，實始作爲秦音。有娀 sōng[1] 氏（遠古氏族名。傳説有娀氏女簡狄，爲帝嚳次妃，生殷之先祖契）有二佚女（美女），作歌一終（古樂章以奏詩一篇爲一終），曰“燕燕往飛”，實始作爲北音。

此言音樂之所自起，即詩之所自起也。蓋詩所以歌，樂所以和歌。

故《禮記・樂記》篇，於宜歌何詩之下，詳論歌詩之法曰：“歌者上如抗（抗舉），下如隊（同“墜”，墜落），曲（回轉）如折，止如槀（同“槁”）木，倨（jù，小折）中矩，句（大折）中[2]鉤（彎鈎），纍纍（連續不斷）乎端如貫珠。”而《論語》亦記孔子言：“吾自衛反魯，然後樂正，《雅》《頌》各得其所。”（《論語・子罕》）又曰：“師摯（魯太師名）之始，《關雎》之亂，洋洋乎盈耳哉。”（《論語・泰伯》）是詩與樂固一而二，二而一者。

《尚書》曰：“詩言志，歌永（通“詠”。一説永者，長也）言，聲依永，律和聲。八音克諧，無相奪倫。”（《尚書・堯典》）《周語》（《國語》篇名）曰：“樂從和，和從平。聲以樂和，律以平聲。金石以動

---

① 娀，原作“娥”，據《吕氏春秋》改。

② 中，原作“如”，據《禮記正義》改。

(發動)之,絲竹以行之,詩以道之,歌以詠之,匏(páo,笙、竽之類的樂器)以宣(發揚)之,瓦[①]以贊(助)之,革、木以節之。”蓋以樂器之聲律與歌詩聲音相和,則謂之樂。徒論其文句,則謂之詩。詩必可歌,歌之則又爲樂之一種。是詩與樂不能判然分離,其事實然也。夫詩必通於樂,雖離樂言詩,而詩亦必有音樂之性質,有音樂之作用。此非予之私言也。

《吕氏春秋·音初》篇云:“感於心則蕩於音,音成於外而化乎内。”此言最足以明詩與樂之關係。上句言感於心則歌而爲詩,言人之作詩者也;下句言聞歌之音則由外而感化乎内,言聞人之歌詩者也。蓋作詩者必有感於心而後發,而其初雖無所感之人,倘聞人歌詩之聲,亦必油然興感。此《吕氏春秋》之言與《周語》所謂“詩以道之”、《楚語》(《國語》篇名)所謂“誦詩以輔助之”者正合。然此又非古人之虚言而已也。今人聞人歌誦詩詞,而能絶不生音樂之感動乎? 吾知其必不能矣。此詩與樂不能判然分離,其性質與作用然也。

然孔子既惡鄭聲,而欲放之矣。若又存鄭、衛之淫詩,則是尚存淫樂之一種,尚有淫樂之作用。是孔子之放等於不放矣。放之於彼,則必絶之於此;留之於此,則必存之於彼。非判然相離,而可以一存一放也。然則朱子放淫於樂,存淫於《詩》之説,爲不可通明矣。

三

客曰:

然則《論語》所謂“鄭聲”,與《樂記》所謂“鄭、衛之音”,其即

① 瓦,原作“互”,據《國語集解》改。

三百篇之《鄭風》《衛風》乎？《論語》明斥"鄭聲淫"(《論語・衛靈公》),《樂記》明言其爲"亂世之音",而子謂無淫詩何也？

曰：

朱子之誤,即在此矣。朱子於《衛風・桑中》[1]篇注云:"《樂記》曰:'鄭、衛之音,亂世之音也,比(接近)於慢(《樂記》曰:宫、商、角、徵、羽"五者皆亂,迭相陵,謂之慢")矣。桑間濮上之音,亡國之音也。[2] 其政散,其民流,誣上行私,而不可止。'按'桑間'即此篇,故《小序》亦用《樂記》之言。"(《詩集傳》卷三)此朱子所據以説淫詩者也。陳啓源[3]駁之云：

> 《樂記》既言鄭、衛,又言桑間濮上,明係兩事。若桑濮即桑中,則《桑中》乃衛詩之一篇。言鄭、衛而桑濮即在其中矣,何煩並言之邪？《樂記》又言"亂世之音怨以怒",而係之鄭、衛。"亡國之音哀以思",而係之桑間濮上,此則二音之倫節,與作此二音之時勢,迥不相侔(móu,齊等)也。(《毛詩稽古編》卷四)

陳氏辨桑中非桑間善矣。然其以"鄭、衛之音"即《鄭風》《衛風》,亦與朱子同其誤。能辨"《桑中》"之非"桑間"而已,而不能辨《鄭、衛風》無淫詩也。吾則以爲《論語》所謂"鄭聲",《樂記》所

---

① 按《毛詩》,《桑中》中本屬《鄘風》,但春秋時邶、鄘已入衛,其詩皆爲衛事,故《邶》《鄘》《衛》又可通稱爲《衛風》或《衛詩》。如《左傳》襄公二十九年記載吴季札聘魯,觀於周樂,樂工爲之歌《邶》《鄘》《衛》,曰:"美哉,淵乎！……是其《衛風》乎!"又三十一年,衛北宫文子引《邶風・柏舟》詩句,繫之於《衛詩》。

② 《禮記》鄭玄注:"濮水之上,地有桑間者,亡國之音,於此之水出也。昔殷紂使師延作靡靡之樂,已而自沈於濮水。後師涓過焉,夜聞而寫之,爲晉平公鼓之,是之謂也。桑間在濮陽南。"

③ 陳啓源(約 1608—1689),字長發,號見桃居士,江蘇吴江(在今江蘇蘇州)人。明末清初學者。著有《毛詩稽古編》《尚書辨略》《讀書偶筆》《存耕堂稿》等。

言“鄭、衛之音”，决非三百篇之《鄭、衛風》。請得而略論之：

《樂記》云：“鄭音好濫(男女偷情)淫志，宋音燕女(燕，安也。燕女指耽溺女色)溺志，衛音趨數(鄭玄讀爲“趨速”，急促迅速)煩志，齊音敖辟喬志(敖，通“傲”。辟，通“僻”。喬，通“驕”。敖辟，傲慢而怪僻。喬志，使人意志驕逸)①。”今以朱子所斥《鄭風》之爲淫詩者觀之，固合於好濫淫志之説矣。若以朱子所斥《衛風》之爲淫詩者觀之，未見其爲“趨數煩志”也。且以《衛風》之全詩論之，除《式微》《北門》《北風》頗類於“趨數煩志”以外，其餘皆優游而不迫，未見其“趨數煩志”也。更觀於《齊風》之全詩，其所謂喬辟者又何在？然則《樂記》所謂鄭、衛、齊之音，非即三百篇鄭、衛、齊之《國風》明矣。

《左傳》襄二十九年，吴季札聘魯，觀於周樂，爲之歌《邶》《鄘》《衛》，曰：“美哉，淵乎！憂而不困者也。”爲之歌《鄭》，曰：“美哉！其細已甚，民不堪也。”爲之歌《齊》，曰：“美哉，泱泱乎！大國之風也。②”此所歌之詩，即孔子尚未删之《詩》。而以《鄭風》爲“其細已甚”，與《樂記》“鄭音好濫淫志”相反。其謂《邶》《鄘》《衛》“憂而不困”，《齊》爲“泱泱大風”，亦與《樂記》“衛音趨數煩志”“齊音敖辟喬志”不合。夫孔子未删之《詩》，尚如季札所論，不如《樂記》所言之惡，而謂孔子删後之《詩》，反劣於未删者乎？然則《樂記》所言“鄭、衛之音”，非即三百篇之《鄭、衛風》又已明矣。

且《樂記》以宋音與鄭、衛、齊之音並言，今三百篇無宋風，何邪？豈孔子以“宋風燕女溺志”而删之邪？則“好濫淫志”“趨數煩志”“敖辟喬志”者，亦在所當删之例。則今《詩》三百

---

① 敖辟喬志，原作“喬辟敖志”，據《禮記正義》乙正。下同。

② 大國之風也，《左傳》通行本作：“大風也哉。”

篇不應有鄭、衛、齊三國之《風》矣。鄭、衛、齊之音不删，則宋音不得獨删。删則俱删，全則俱全。然而今《詩》有《鄭》《衛》《齊》而無宋，則《樂記》所謂“鄭、衛之音”非即三百篇之《鄭、衛風》，益以明矣。

再進而考諸《論語》：孔子曰“放鄭聲”，又曰“鄭聲淫”，又曰“惡鄭聲之亂雅樂”(《論語・陽貨》)，其言《詩》見於《論語》者衆矣，未嘗有貶詞。若《論語》之“鄭聲”即今之《鄭風》，《樂記》“鄭、衛之音”即《鄭、衛風》，何以孔子言《詩》偏説其善，而掩《鄭》《衛》之淫？是以非爲是，以邪爲正也。且今《鄭風》《衛風》除朱子所斥爲淫者外，其餘不淫者尚多有也，何以言聲則概斥之曰淫、曰放、曰惡？言音則概斥之曰亡國之音？曰“好濫淫志”，曰“趨數煩志”，是以白爲黑，誣善爲惡矣，聖賢之立言豈如是邪？是《論語》之“鄭聲”，《樂記》“鄭、衛之音”，非即三百篇之《鄭、衛風》，又益以明矣。

客曰：

然吾子前既言詩與樂相合矣，今又以鄭、衛之詩與鄭、衛之音不同，毋乃(豈非)矛盾邪？

余曰：

不然。《鄭、衛風》自有《鄭、衛風》所合之雅樂，太史公所謂“合於《韶》《武》《雅》《頌》之音”者也。鄭、衛之淫音，自有鄭、衛之淫詩，與三百篇《鄭、衛風》無涉也。

客曰：

或謂孔子言“《關雎》樂而不淫”(《論語・八佾》)，明他詩之有淫者矣。

曰：

他詩固有淫者，然而不在三百篇之内，故孔子以三百篇爲“無邪”也。吾意孔子所謂“鄭聲”，《樂記》所謂“鄭、衛之音”者，蓋猶今世所謂南曲、北曲、蘇曲、崑曲之類，乃當時鄭、衛各國之俗樂，孔子所深惡。而三百篇之《衛風》《鄭風》，則猶後世文人志士所作之樂府詩詞也。假如有人焉，聞人言北曲暴，而遂謂北方之詩皆暴，聞人言蘇曲冶（妖艷），而遂謂江蘇人之詩皆冶，可乎？不可也。然則《論語》言"鄭聲淫"，《樂記》言"鄭、衛亂世之音"，而遂以三百篇之《鄭、衛風》當之，其不可明矣。

四

客曰：

然則孔子必不録淫詩乎？

曰：

孔子决不録淫詩。此有三説：一者孔子無録淫詩之理由也，二者《詩》之體例不宜雜録淫詩也，三者經傳所記孔子言《詩》無録淫詩之證據也。

朱子言孔子録淫詩之理由曰："夫子於鄭、衛，蓋深絶其聲於樂以爲法，而嚴立其辭於《詩》以爲戒。如聖人固不語亂，而《春秋》所載無非亂臣賊子之事，蓋不如是無以見當時風俗事變之實，而垂鑒於後世，固不得已而存之，所謂道並行而不悖者也。"（《詩集傳》附《詩序辨説・小序》）

以予觀之，《詩》與《春秋》，其爲用不同。《春秋》在褒貶善惡，使人恐懼戒慎，明其是非之分。《詩》與《樂》相近，在感動人心，使人不知不覺而興其喜怒好惡之情。故《楚語》曰："教之《春秋》而爲之聳（奨）善抑惡焉，教之《詩》而爲之導廣顯德以耀其志，教之《樂》以疏其穢而鎮其浮。"《莊子》曰："《詩》以道志，《樂》以道和，《春秋》以道名分。"（《莊子・天下》）可見《詩》與《樂》相近，而與《春秋》不同矣。蓋孔子之作《春秋》，猶後世之作史書也;孔子之删《詩》,猶後世之選詩集也。二者之用不同,二者之體亦别。蓋著歷史,在乎善惡直書,使歷代事迹繼續連絡,一一可見。馬貴與所謂不能“存禹湯而廢桀紂,録文武而棄幽厲”(《文獻通考·經籍考五》)者也。選詩集者則不然,善者選之,惡者遺之,將使學者讀之足以感發其情性,而法其文辭。未有選惡劣之詩,而曰可以爲戒者也。

且歷史重褒貶,雖書亂臣賊子之事,可以謂之誅亂,而不可以謂之語亂。詩重興感,若選淫詩,則將以興感人之淫志,可以謂之誨淫(引誘淫亂。見《易·繫辭上》:“慢藏誨盗,冶容誨淫。”),而不可以謂之戒淫也。而曾謂孔子選淫詩以誨淫乎?太史公曰:“《詩》紀(通“記”)山川、谿谷、禽獸、草木、牝牡(鳥獸雌性曰牝,雄性曰牡)、雌雄,故長於風。”(《史記·太史公自序》)夫風,風也,風以動之也,而曾謂孔子録淫詩以風動天下之淫風乎?

且朱子作《綱目》(《資治通鑒綱目》),亦書亂臣賊子矣。然後世閭閻(lǘyán,里巷内外之門,泛指民間)淫奔之歌謡,狎邪之篇什(《詩經》的《雅》《頌》以十篇爲一什,故詩章又稱篇什),豈少也哉?朱子何不取之,以與賢士大夫之詩雜録爲一集,以繼《綱目》之後,俾(bǐ,使)得以見風俗事變之失,而垂戒於後世乎?然而朱子不爲者,知選淫詩之不足垂戒故也。夫朱子猶不爲,而謂孔子爲之乎?是選淫詩不足以垂戒,而孔子無選淫詩之理由一也。

若如《序》以爲刺詩,使學者先知其詞之所刺者,則足以長其羞惡之情。其發而爲歌詠,亦必有羞惡之念,而聞之者亦必感起其羞惡之同情。則《詩》學之作用既彰,而所謂風俗事變之實,亦可以見;垂戒之用,亦寓乎其中矣。是垂戒不必録淫詩,而孔子無録淫詩之理由二也。是孔子無録淫詩之理由明矣。

且夫淫奔之歌謡,狎邪之篇什,存之固或足以見風俗事變之失,而垂戒於後世,然選之者亦當另録爲一書,題之曰“衰亂集”

之類,使人一見其書,即知衰亂之自,庶足以垂戒耳。豈有雜厠(混雜)於《風》詩之中,同於《雅》《頌》之列,善惡相混,是非不明,使淫夫淫婦無恥之詞,得與仁人志士發憤之作相雜,而使世之學者歌之誦之,反以道其淫邪之志邪?孔子録《詩》之體例,必不若是疏失矣。是《詩經》之體例,必不雜録淫詩亦明矣。

《禮·樂記》篇曰:"寬而静、柔而正者,宜歌《頌》;廣大而静、疏達而信者,宜歌《大雅》;恭儉而好禮者,宜歌《小雅》;正直而静、廉而謙者,宜歌《風》。"此分論《風》《雅》《頌》之體甚當。夫既曰"正直而静、廉而謙者,宜歌《風》",則《國風》必無淫詩可知。《經解》(《禮記》篇名)篇云:"温柔敦厚,《詩》之教也。"既可以教人"温柔敦厚",則三百篇中必無淫詩以教人淫奔可知。《孔子閒居》(《禮記》篇名)篇曰:"志之所至,《詩》亦至焉;《詩》之所志,禮亦至焉;禮之所至,樂亦至焉。"然則孔子以《詩》合於禮、樂,三百篇必無淫詩可知。若有淫詩,則違乎禮矣。

《論語·爲政》篇曰:"《詩》三百,一言以蔽之,曰:思無邪。"此謂未删之《詩》則有邪。既删之後,三百篇之旨雖繁,而其思則以"無邪"爲歸,不得曲解爲《詩》有邪有正。教學者當以無邪之心讀之,明其皆可以懲惡而勸善也。若如其説,當云《詩》三百篇,一言以蔽之,曰:"懲惡勸善",不當如今《論語》之所云也。或謂孔子未嘗删《詩》,此説亦可以三百篇無邪之言辨正。黄式三[①]云:"《論語》言'《詩》三百,思無邪',未删之前有邪思,删之大本始正也;'誦《詩》三百,不達政,不能專對,多亦奚爲'(出《論語·子路》,與原文略異),言删之而大經已全,不必多也。"(黄以周《先考明經公言行略》)又《泰伯》篇曰:"興於《詩》。"《陽貨》篇曰:"《詩》可以興,可以群,可以怨。邇之

---

① 黄式三(1789—1862),字薇香,號儆居,清浙江定海(今屬浙江舟山)人。著有《易釋》《尚書啓幪》《詩音譜略》《春秋釋》《論語後案》《儆居集》等。

事父,遠之事君,多識於鳥獸草木之名。”夫《詩》言“可以興”,不言可以戒,則《詩》之重在興而不在戒,則三百篇不録淫詩可知矣。

此皆經傳所記孔子之言,可知孔子不特無録淫詩之明證,且有不録淫詩之確據,謂即孔子自言其删《詩》、録《詩》之凡例可也。夫孔子既自言其凡例如此,則三百篇之無淫詩决矣。然則朱子目爲淫奔者自作之詩之謬,與夫《序》之指爲刺詩或寄託他事者之爲合於理,不待辨而明矣。

是故第一事既明,則朱子概以字面直捷説《詩》之法不能立;第二事既明,則朱子放於樂而存於《詩》之説不能立;第三事既明,則朱子所據以説淫詩之説不能立;第四事既明,則朱子謂孔子存淫詩之説不能立。此四事既明,則三百篇無淫詩,而朱子淫詩之説其謬也决矣。

夫惟三百篇無淫詩,而荀卿深知之,故《勸學篇》曰:“《詩》者,中聲之所止也。”《儒效篇》曰:“《風》之所以爲不逐者,取是而節之也;《小雅》之所以爲《小雅》者,取是而文之也;《大雅》之所以爲《大雅》者,取是而光之也;《頌》之所以爲《頌》者,取是而通之者也。”此荀卿深知孔子删《詩》之旨,故論《詩》之體例如此。統而論《詩》,則曰止於中聲;分而論《風》,則曰“取是而節”。若有淫詩,則何中何節之足云哉?夫惟三百篇無淫詩,而其詞意有委曲借託者,孟子深知之,故曰:“説《詩》者不以文害詞,不以詞害意。以意逆志,(宋孫奭疏:“以己之心意而逆求知詩人之志。”)是爲得之。”(《孟子·萬章上》)此孟子深知詩人作詩之旨,故言其意之委曲如此,而教人當“以意逆志”,不當據字面直捷説之也。此孟、荀説《詩》有合於古《序》者也。太史公曰:“《詩》三百篇,孔子皆絃歌之,以求合《韶》《武》《雅》《頌》之音。”此太史公之説合乎荀卿者也,豈同後世之臆説者哉?

客曰：

然則《桑中》《溱洧》亦將可以用之宗廟朝聘乎？此又朱子所謂“不知其將以薦（進獻）之何等之鬼神，用之何等之賓客者也”（《詩集傳》附《詩序辨説・小序》）。

曰：

不然。史公謂“求合於《韶》《武》《雅》《頌》之音”者，謂如“《韶》《武》《雅》《頌》”之止於中聲，而不淫不濫也，非謂三百篇皆可薦於鬼神，用於賓客也。二《雅》之詩，固無淫奔者自作之詩也，豈盡可以享於鬼神，用之賓客哉？夫古人稱《詩》雖有斷章取義，然亦貴乎不誣其志。故二《雅》之刺詩，亦有不可以薦於鬼神，用於賓客者矣。《桑中》《溱洧》，《風》之刺詩，亦猶是而已。故以三百篇爲皆可薦於鬼神，用之賓客者，吕東萊（即吕祖謙，見前“吕伯恭”注）之誤也。然而不能以不可享於鬼神用之賓客者，即謂爲淫奔者自作之詞也。

客曰：

斯既然矣，然則王柏所謂《詩》至秦而殘缺，孔子已删去之《詩》，至漢猶有存於閭閻者，雅奧難識，淫俚易存，漢儒病其亡，妄取竄雜以足三百篇之數（王柏《詩疑》卷一），其説殆有合焉。蓋淫詩者，孔子所必放，而漢儒之補，乃爲孔子所已放。故王氏欲删去三十二篇，以合於孔子删《詩》之旨，不亦可乎？

余曰：

不然。此王柏信朱子淫詩之説之過，而其妄益甚矣。夫淫俚易存於閭閻，固或有之事，然《詩》固易全，不必憑乎閭閻也。《漢書・藝文志》云：“三百五篇遭秦而存者，以其諷誦，不獨在竹帛故也。”蓋言其句有音韵，經師相傳，易於記憶也。夫易於記憶，則不應失去如此之衆矣，又何待取於閭閻之補哉？今《國風》一百五十九篇，除《豳風・七月》數篇稍屬深奧難識之外，其餘皆甚淺易。豈所亡之三十餘篇，皆深奥難識？而深奥難識者，又獨在《鄭》《衛》爲多邪？且三百篇惟《雅》《頌》多奥者。《風》詩即間或有之，亦當不過於《雅》《頌》。何以《雅》之亡者僅六篇之少，而《風》詩之亡者竟有三十餘篇之衆邪？豈漢儒獨能記《雅》《頌》之難者，而不能記《風》詩之難者邪？今按《雅》詩如《無將大車》《桑扈》之類，亦有淺易者。度孔子所删去之《雅》，亦當有淺易者。漢儒不取淺易之《雅》以補《雅》，何獨取淺易之《風》以補《風》？何漢儒之妄於《風》而慎於《雅》也？此自理勢而論之，有以知其必不然者矣。

且朱子之所斥爲淫詩者，果何所據邪？以《詩》之字面而直捷説之耳。此其爲失，吾於上文已論之詳矣。然《序》以爲非淫詩，則有確然可據者，此則觀於《左傳》而可見也。此吾於《詩》注每篇之下，亦辨之詳矣。

客曰：

雖然，請略聞其説。

曰：

夫《左傳》所載春秋諸人之賦，《詩》固有不必拘於本意者，然其取義亦不能太過不類。襄二十七年（前 546），鄭伯有（鄭大夫）賦《鶉之奔奔[1]》，而趙孟（指晉大夫趙鞅。竹添光鴻《左氏會箋》："世族稱謂有累世相襲者，趙盾、趙武、趙鞅、趙無恤皆稱趙孟。"）譏之曰："牀笫（zǐ，床席）之言不踰閾（yù，指界限或範圍），况在野乎？"又曰："伯有其爲戮乎！"而子太叔（鄭大夫）賦《野有蔓草》（出《國風・鄭風》。本段以下諸詩篇同），趙孟嘉之曰："吾子之惠也。"昭十六年（前 526），鄭六卿餞宣子（即晉卿韓宣子，名起）於郊，子齹（cuó。鄭卿）賦《野有蔓草》，宣子曰："孺子善哉，吾有望矣。"子太叔賦《褰裳》，

[1] 《毛詩》"奔奔"，《左傳》作"賁賁"。"奔""賁"字通。

宣子曰:“起(即韓起)在此,敢勤子至於他人乎?”子游(鄭卿)賦《風雨》,子旗(鄭卿)賦《有女同車》,子柳(鄭卿)賦《蘀兮》,宣子喜曰:“鄭其庶(庶幾乎興盛)乎!二三君子以君命貺(kuàng,賞賜)起,賦不出鄭志,皆昵(親近)燕好(友好)也。二三君子,數世之主也,可以無懼矣。”由是觀之,伯有賦《鶉之奔奔》,而趙孟非之者,誠以賦刺淫之詩,一則近於揚其國之淫,二則近於誣淫(荒誕浮蕩)也。若《風雨》諸詩果爲淫詩,其能免於此乎?然而諸子賦之,宣子、趙孟喜之,則諸詩之作,假令不盡如《序》之所言,亦必非如朱子所謂淫詩可決矣。然則漢儒未嘗補三百篇之《風》詩,今《風》詩亦無淫詩可決矣。

客曰:

然。吾子據《左傳》以言《詩》,固善矣。然《左傳》言《桑中》竊妻矣。(《左傳》成公二年:“夫子有三軍之懼,而又有《桑中》之喜,宜將竊妻以逃者也。”)又曰:“苟有可以加(益)於國家者,去其邪可也。《静女》之三章,取彤管焉。”[1]意謂於淫奔者猶有取焉耳。然則以《左傳》證之,而三百篇亦不能無淫詩矣。

余曰:

不然。《桑中序》言刺竊妻妾者,《左傳》所引,即用竊妻妾之義而已,而不能據以證其爲淫奔者自作之辭也。“鄭駟歂(chuǎn。鄭卿,字子然)殺鄧析(鄭大夫),而用其竹刑(鄧析所作刑法,因書於竹簡,故稱竹刑)。君子謂子然於是不忠。苟有可以加於國家者,棄其邪可也。《静女》之三章,取彤管焉;《竿旄》(《國風・鄘風》篇名。竿,《毛詩》作“干”)‘何以告之”,取其忠也。”(《左傳》定公九年)兩引詩義,文意排耦,彤管承竹刑而言,謂取其法,與下文取

---

[1] 語出《左傳》定公九年。《邶風・静女》:“静女其變,貽我彤管。彤管有煒,説懌女美。”《鄭箋》:“彤管,筆赤管也。”又《後漢書・皇后紀序》:“女史彤管,記功書過。”

其忠相對。若謂取其彤管而棄其邪，則《竿旄》之取其忠而棄其何事邪？《竿旄》爲取其忠而無所棄，則彤管亦爲取其法而無所棄。不得謂《左傳》言其爲淫詩矣。

客曰：

淫詩之説固失矣。然三百篇非出一地一人之手，彼爲《小序》者何人，而悉知天下前古後今之詩人所寄託，而一一能言乎？其謬不待辨而知之矣。

曰：

《小序》集國之史大成而已。古者有采詩之官，蓋必循行各地得其詩，而探查其作詩之由，故筆之於篇曰"爲某而作"。國史録之，孔子删《詩》取而傳之，即今之《詩序》也。

國史之録《詩》，正猶近年北京教育部及北京大學徵集各處之歌謡等，而使其本地之人徵其本地之詩，注明其作詩之旨。如是聚而集之，參其異同，辨其虚實，而題之曰"某詩爲某事而作"。其中固或不能無小失，然而得者亦固多矣。譬如作史，非必一一親見、一一親聞，而據可信者之報告、當世之載籍，慎而録之，不能謂其妄也。今若徒憑臆説，以生數千載以後之人，而意必數千載以前之事，必爲如何如何，則雖或不無小得，而失之者亦已不可勝窮矣。

客曰：

《序》既可信如此，然而漢之傳《詩》者，有魯、齊、韓之異，而不遵《毛序》。《毛序》若爲孔子所傳，三家與毛豈宜有異同邪？三家與毛有異同，則知《毛序》之非春秋國史之文；《毛序》非春秋國史之文，則《毛序》不能獨信；《毛序》不能獨信，則《毛序》所謂非淫詩者，未必其果非淫詩矣。

曰：

不然。古《序》雖存於《毛詩》，亦三家之所共。三家之《詩》今不可盡考，其可考於今者，如《説苑》[①]《列女傳》[②]之類，非專爲傳《詩》者。《韓詩外傳》[③]則雖專説《詩》矣，然名曰“外傳”，亦與傳經不同，不可盡據。且吾觀《漢書・藝文志》，《魯詩》有《魯故》《魯説》，《齊詩》有《后氏故》《孫氏故》《后氏傳》《孫氏傳》《雜記》，《韓詩》有《韓故》《内外傳》《韓説》，《毛詩》有《故訓傳》，是故爲一類，傳爲一類，説、雜記爲一類。《毛詩故訓傳》則與《魯故》《后氏故》《孫氏故》《韓故》爲一類，而《韓詩内外傳》亦與《韓故》殊科（不同）。《藝文志》曰：“魯申公爲《詩》訓故，而齊轅固、燕韓生皆爲之傳。或采《春秋》雜説，咸非其本義。與不得已，魯最爲近之。”言傳不專説經，不如故之近經旨也。故雖《韓詩内傳》亦不足據以謂與毛異也。即黄以周[④]云：“《翼奉傳》孟（指孟康，三國曹魏經學家）注引《齊詩内傳》論‘四始五際’[⑤]事，《文選・江賦》引《韓詩内傳》述鄭交甫遇二女，[⑥]所

---

① 《説苑》，西漢劉向所撰雜著，凡二十卷。其書分爲二十門，“皆録遺聞佚事足爲法戒之資者”，雜以議論，以闡明國家興亡、政治成敗之理。

② 《列女傳》，劉向所撰著作，凡八卷。其書分爲七門，“采取《詩》《書》所載賢妃貞婦、興國顯家可法則及孽嬖亂亡者”，“以戒天子”。

③ 《韓詩外傳》，西漢韓嬰所撰著作，今存十卷。《四庫全書總目提要》云：“其書雜引古事古語，證以《詩》詞，與經義不相比附，故曰《外傳》。所采多與周秦諸子相出入。”

④ 黄以周（1828—1899），字元同，號儆季，晚號哉生，清浙江定海人。黄式三子。官浙江分水縣訓導，長期主講南菁書院。著有《十翼後録》《禮書通故》《子思子輯解》《經訓比義》《儆季雜著》等。

⑤ 《齊詩》學者用陰陽五行思想解《詩》，有“四始五際”之説。參見《毛詩正義》引《詩緯・汎歷樞》：“《大明》在亥，水始也；《四牡》在寅，木始也；《嘉魚》在巳，火始也；《鴻雁》在申，金始也。午亥之際爲革命，卯酉之際爲改正，神（《毛詩正義》誤作“辰”，據《後漢書・郎顗傳》改）在天門，出入候聽。卯，《天保》也。酉，《祈父》也。午，《采芑》也。亥，《大明》也。然則亥爲革命，一際也；亥又爲天門，出入候聽，二際也；卯爲陰陽交際，三際也；午爲陽謝陰興，四際也；酉爲陰盛陽微，五際也。”又《漢書・翼奉傳》：“《詩》有五際。”顔師古注引孟康曰：“《詩内傳》：‘五際，卯、酉、午、戌、亥也。’”

⑥ 見《文選・江賦》：“感交甫之喪珮，愍神使之嬰羅。”李善注引《韓詩内傳》：“鄭交甫遵彼漢皋臺下，遇二女，與言曰：‘願請子之珮。’二女與交甫，交甫受而懷之，超然而去。十步，循探之，即亡矣。迴顧二女，亦即亡矣。”

説怪誕,亦乖經旨。則《齊、韓詩傳》實雜説之濫觴,與毛公《故訓傳[1]》體例迥别。”(黄以周《儆季雜著·史説略·讀〈漢·藝文志〉一》)若《魯故》《齊故》《韓故》,其訓故雖與毛有不同,而其《序》則當與《毛序》無别耳。

然三家之説傳於今者,雖不可盡據,而就其説而考之,亦可以知其始之本與《毛序》同也。三家《詩》之與毛同者,如《韓詩》以《棠棣(《毛詩·小雅》作“常棣”)》爲燕(通“宴”,宴請)兄弟之詩,《伐木》(《小雅》篇名)爲文王敬故舊之詩之類,均與《毛序》相合。《魯詩》述《載馳》(《國風·鄘風》篇名)爲許穆夫人作,以《北門》(《國風·邶風》篇名)爲處卑位之詩之類,均與《毛傳》相合。《齊詩》以《汝墳》爲期不遇,《伐檀》(《國風·魏風》篇名)爲“刺賢者不遇明王”之類,均與《毛序》相合。此其同者也,即就其異者而論之,更足以知其同源。如《關雎》之詩,《毛序》以爲“后妃之德”,而太史公謂周道衰而《關雎》作,(《史記·十二諸侯年表》:“周道缺,詩人本之衽席,《關雎》作。”)此魯、毛之異也。然古人於《詩》,自作者謂之作,諷詠前人之詩亦謂之作,猶自作者謂之賦,諷詠前人者亦謂賦。《左傳》鄭七子賦詩,此乃諷詠前人之詩,非七子自賦詩也。然則所謂周道衰而《關雎》作,謂近臣賦《關雎》之詩以諷刺其君。所謂陳古以刺今耳,所陳之古即后妃之德也。故太史公復言“《易》始《乾》《坤》,《詩》始《關雎》”。不以爲周衰刺詩,此可知其本與《毛序》同也。故《韓詩章句》(東漢薛漢撰,今已佚,清人馬國翰《玉函山房輯佚書》輯有二卷)云:“賢人見萌,故詠《關雎》,説淑女,正容儀,以刺時。”此既與《魯詩》同矣。而《韓詩外傳》載子夏問《關雎》何以爲《國風》始,孔子贊之以爲《關雎》之道,萬物之所繫,群生之所懸命。《關雎》之事,馮 píng 馮翊翊(又作“馮馮翼翼”。

---

[1] 傳,原作“故”,據黄以周《儆季雜著·史説略》改。

衆盛貌。馮馮，盛滿也；翃翃，衆貌也），“自東自西（《毛詩》作“自西自東”），自南自北，無思不服”（《大雅·文王有聲》）。此又不以爲刺詩，而與《毛序》言德者同矣。《兔罝 jū》（《國風·周南》篇名）之詩，《毛序》以爲后妃之化行，則“莫不好德，賢人衆多”，而《魯詩》以爲“安貧賤而不怠於道”（《列女傳·賢明傳·楚接輿妻》），《齊詩》以爲“兔罝（捕兔之網，借指捕兔之人）之容，不失其恭”（焦延壽《易林·坤之困》），《韓詩》以爲“賢人退處山林”（《文選·桓温〈薦譙元彦表〉劉良注引）。此四家之異也，然其爲賢人則一。凡此類其流甚異，而推原其本，可知其同。

故《經典釋文》[1]引徐整[2]以《毛詩》爲荀子所傳（見《經典釋文·序録》）。《漢書·儒林傳》謂“申公與楚元王交俱事齊人浮丘伯，受《詩》”。《楚元王傳》謂浮丘伯傳《詩》於荀卿。《韓詩外傳》引荀子之説亦甚衆。《毛詩大序》爲子夏作，而《唐書》亦言“《韓詩》，卜商（孔子弟子，字子夏）序”（《新、舊唐書·藝文志》），更可以見四家之始，本未嘗不同也。然則古《序》本四家之所同，而其言之可信明矣。

夫古書非必無失、非必無可疑者，然要當稽其同異之故，覽其會通之理，期不謬於古人删述之旨，而後可以立吾説。未有徒逞胸臆，而可決曰古人必如此，而可以無誤者也。自朱子以後，説《詩》者益肆其口説。古《序》既廢，古訓亦荒。其甚或自矜創獲，笑丘明解“周行”[3]之謬。以三百篇惟詩人能解之，以左丘明

---

① 《經典釋文》，書名。唐陸德明撰，三十卷。首爲《序録》，綜述經學傳授源流；繼釋《周易》《尚書》《毛詩》《三禮》《春秋三傳》《孝經》《論語》《老子》《莊子》《爾雅》共十四部經典。該書“所采漢魏六朝音切凡二百三十餘家，又兼載諸儒之訓詁，證各本之異同”，可爲研讀中國古代經傳提供重要參考。

② 整，原作“熙”，據《經典釋文》改。徐整，字文操，三國吴豫章（今江西南昌）人。官至太常卿。著有《毛詩譜暢》《孝經默注》《三五曆記》等，均已佚。

③ 見《左傳》襄公十五年：“《詩》云：‘嗟我懷人，寘彼周行。’能官人也。王及公、侯、伯、子、男，甸、采、衛、大夫，各居其列，所謂‘周行’也。”

之才，亦有所不濟。吾不知其何以能斷丘明爲不能詩也？豈以丘明無詩流傳後世邪？則孔子之詩亦寥寥無幾耳。是可謂不配删《詩》邪？自朱子及某氏以前，詩人亦衆矣，未聞以左丘明爲不配説《詩》，其詩才豈皆在某氏之下邪？夫周人之詩，用周人之言語，而周之賢達博雅之士如丘明、荀卿解之，相同如此，猶不足信，而必信其臆説，則何説而不可邪？

客唯然歎曰：

辨哉言乎，千古之争論，鄙人所積疑，而不能决者，今乃昭然發蒙，霍然病已。世之惑於淫詩之説者，倘能虚心以聽，亦必廢然知返（喻怒氣全消。語出《莊子・德充符》："我拂然而怒，而適先生之所，則廢然而反。"郭象注："見至人之知命遺形，故廢向者之怒而復常。"）矣。雖然，吾别有説將以就正於吾子。吾以爲朱子之説淫詩固謬矣，如吾子之言，則《序》固是矣。

然學者猶以爲迂曲，則毛、朱之説，吾均不從，而别爲簡便之法，掃定一切之論，而别立新序。如《静女》則吾以爲娶婦之作，《桑中》則吾以爲女子與女子相期之作，《木瓜》則吾以爲謝人餽贈之作，《丘中有麻》則懷隱士之作，《遵大路》（《國風・鄭風》篇名）則朋友離别之作，《山有扶蘇》（《國風・鄭風》篇名）則思賢人之作，《萚兮》則求同志之作，《狡童》則爲忠而不見信者所作，《褰裳》則亦思賢而作，《丰》則爲悔昏之女所作，《東門之墠》則爲訪隱人不遇而作，《風雨》則爲朋友相見或婦喜夫歸而作，《子衿》則爲思青年而作，《揚之水》則爲兄弟之見疏者所作，《鄭風・揚之水》。《出其東門》（《國風・鄭風》篇名）則爲思娶妻者所作，《溱洧》則爲詠上巳（指農曆三月上旬巳日）祓（通"祓"fú。《説文・示部》："祓，除惡祭也。"）除之風景而作，《東方之日》（《國風・齊風》篇名）爲朋友相期之作。凡此之類，求之詩文固極直截，又不背聖人删《詩》之旨，吾子以爲然否邪？

曰：

若必欲奮私臆，是亦可聊備一說，勝於朱子之指爲淫詩也。

客曰：

子何不記之，俾學者得以覽焉？

余曰：

然。

民國十一年(1922)。

駁錢振鍠《鄭風説》六篇

一

常州錢振鍠[①]著《鄭風説》六篇，其言頗辨。然平而論之，淫詩之説實不能立。予前著《淫詩辨》已詳之矣。即錢氏之説，其大者亦已略有辨正。然其餘諸説，當辨者尚衆。故復著此諸篇，亦使世之持淫詩之説者知如錢氏之辨，尚不足使其説之成立，而紛紛之論可以少息也。

錢曰：

詩本性情，性情無古今者也。以後世之詩稽之三百篇，必有合焉。何獨於男女之私、人欲之大者，如後世《子夜》（又稱《子夜歌》。樂府曲辭名，相傳爲晉代女子子夜所作）《白紵 zhù》（又稱《白紵歌》《白紵詞》。樂府曲辭名，始於晉代的《白紵舞》）《竹枝》（又稱《竹枝歌》《竹枝詞》。唐代樂府曲辭名，本爲古代巴渝一帶的民歌）《柳枝》（又稱

① 錢振鍠（1875—1944），一名鑫，字振之，號夢鯨，晚號名山，近代江蘇常州人。官刑部主事。著作頗豐，有《名山全集》傳世。

《楊柳枝》。唐代樂府曲辭名，源於漢樂府横吹曲辭《折楊柳》）之屬，而三百篇獨無之乎？鄭、衛之詩，亦後世《竹枝》《子夜》之類也，而何疑乎？

駁曰：

錢氏以人情古猶今，故古《詩》猶今詩。今詩有淫詩，則古《詩》有淫詩；古《詩》有淫詩，則三百篇有淫詩邪。吾以謂三百篇，孔子所刪録者也，古《詩》之一部分而已。謂今詩有淫詩，則古《詩》有淫詩可也；謂古《詩》有淫詩，則三百篇有淫詩，不可也。何也？孔子刪淫録正，則三百篇與他詩各別屬古《詩》之一部分，猶黄種人與白種人各別屬人種之一部分而已。今作簡單之印度因明（古印度的邏輯學説。因指原因、根據，明指知識、智慧）論式，以見錢君之謬。

今假如有人云：

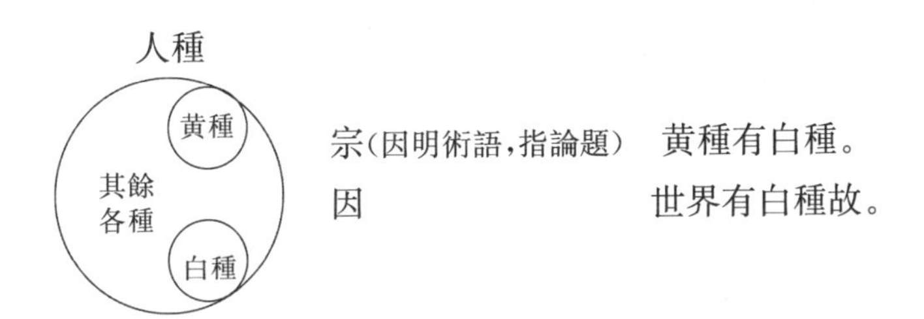

其説可乎？不可也。然則錢氏云：

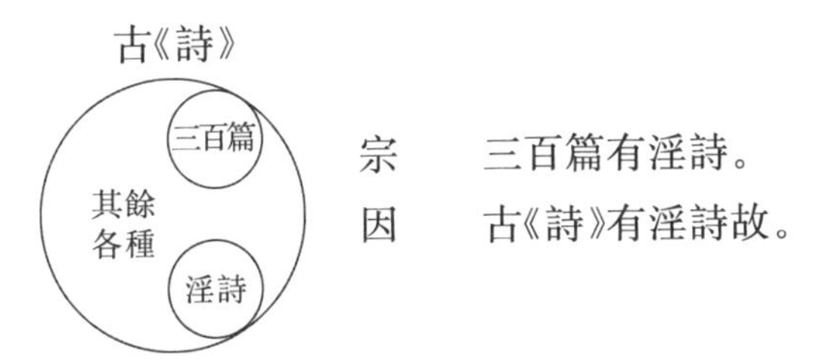

其説之不可亦明矣。

錢曰：

《竹枝》《子夜》何嘗有刺淫之義？是故刺淫之説非也。

駁曰：

如上所辨，三百篇無淫詩，不得以此相律。若以《竹枝》《子夜》無刺奔，遂謂三百篇無刺奔，何以異於見甲家有淫人，遂從而謂乙家無惡淫之人邪？

錢曰：

解詩面牽合時事，非知詩者之言也。不通之人舉夕陽、芳草）、鳥啼、花落，而悉付會之時事者多矣。《小序》之説亦若是而已矣。

駁曰：

鳥啼、花落之詩，固有不關時事者，亦有關時事者。今錢氏以悉合於時事者之不通，遂斷其有合於時事者爲不通，而以《小序》當之，是錢氏以爲悉無有關於時事者矣。今以錢氏之説作成簡單之因明論式，竝設一比例，以明錢氏之謬。

錢氏云：

宗　以鳥啼、花落之詩爲有關時事者不通。

因　以鳥啼、花落之詩悉爲關於時事者不通故[①]。

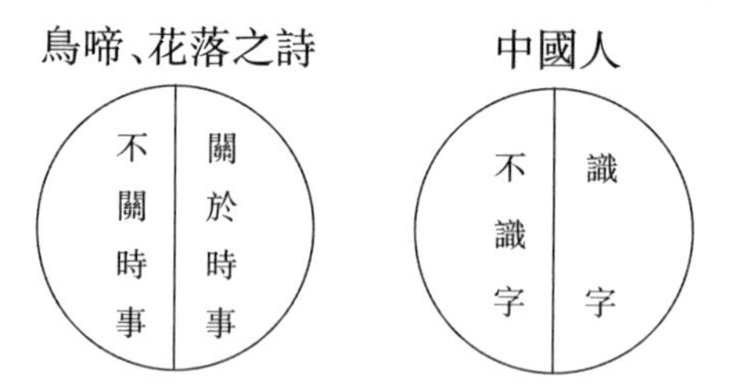

是猶云：

宗　以中國人爲有識字者不通。

① 故，原誤重，據文意删一"故"字。

因　　以中國人爲悉識字者不通故。

此亦可以改爲下式：

宗　　鳥啼、花落之詩無關於時事者。

因　　鳥啼、花落之詩不悉關時事故。

是猶云：

宗　　中國人無識字者。

因　　中國人不盡識字故。

其爲不通何以異此？然則錢氏固不能認鳥啼、花落爲悉無合於時事者矣。然則世之説詩，有以鳥啼、花落爲關合於時事者，不可悉斥爲傅會，而當細究其作詩之原因與時世，而後可決其然否矣。若《小序》之説，則本於國史，國史本於采詩之官，采詩之官訪采於民間，而深知其作詩之原因與時世者也，豈得謂之傅會哉？

錢曰：

我之詩苟直書所見，天下之人莫不見之。我之詩苟隱指一事，而不使人知，則我之鄰右能知之乎？

駁曰：

然則詩固有隱指一事者。夫隱指一事，鄰右尚不能知之，朱子與錢氏生數千載之後，又烏能知其必爲淫奔邪？且既曰隱指，則其詞必有所寄託，而朱子與錢氏乃從字面説其爲淫奔，得無誤乎？嗚呼！錢氏既自以爲無可知之道，而又强以爲必知，欲其説之不困，得乎？

錢曰：

三百篇非出一地一人一手，彼爲《小序》者何人乎？而悉知天下前古後今之詩人之所寄託，而一一能言之乎？其謬不待辨而知之矣。

駁曰：

古者有采詩之官，采詩之官或得自詩人所自獻，或得自詩人之子孫戚友。夫詩固有隱指一事,鄰右不知,而其子孫親友親聞詩人之口説,可得而知者。猶錢氏之心,鄰右或不得而知,而錢氏之子孫親友,或可得而知也。且古來之史事,亦非一地一人一時之所爲也。然而史官作史,豈必悉見天下前古後今之事,而後可一一言乎?史不待一一親見而有信史,則國史亦不待一一親見而可以知詩,《小序》本之亦不待一一親見而後可以不謬也。夫以史書爲不能無一二之失可也,而謂非一時一地一人之事,史官非親見親聞,而其所書悉爲謬,不待辨而知,不可也。然則錢氏之説,其謬也亦不待辨而知之矣。

錢曰:

近孔子之居莫如魯,而《魯詩》不傳,則《小序》必不出於孔門,而出於穿鑿者可知。

駁曰:

然則亦可以《魯詩》無傳,而決諸國之詩無傳乎?如其可也,則今之三百篇皆漢人所僞。如其不可,則《魯詩》自不傳,他國之詩自傳。他國之詩傳,故他國之《詩序》傳。傳者,孔子從而删録之。不傳者,孔子亦無得而補。豈能以《魯詩》不傳,遂疑他國之《詩序》乎?若錢氏之説,是猶見伯兄之死而絶嗣,遂謂季弟之子爲私生也,可乎?

錢曰:

《詩序》所長,惟在於刺。刺諸侯,刺天子,刺幽、厲,不已,乃至《祈父》《白駒》《黄鳥》《我行其野》(四者皆《小雅》篇名),皆以爲"刺宣王"。太史安得題之陳之哉?

駁曰:

《周語》:

邵公(韋昭注:"邵康公之孫穆公虎也,爲王卿士。")曰:"爲

(治。下同)川者决之使導,爲民者宣(疏導)之使言。故天子聽政,使公卿至於列士獻詩,瞽(gǔ,盲眼樂師)獻曲,史(外史)獻書,師(少師)箴(箴諫),瞍(sǒu,無眸子者)賦(吟詠公卿列士所獻詩),矇(méng,有眸子而無見者)誦(諷誦箴諫之語),百工諫,庶人傳語,近臣盡規(規諫),親戚補察,瞽史教誨,耆 qí 艾(尊長,師長。古者五十曰艾,六十曰耆)修(儆戒)之,而後王斟酌焉,是以事行而不悖。"

然則古人有采詩之官,正欲周知天下之美刺,風俗之善惡,太史安得不題之陳之哉?錢氏之言,直以後世之佞臣,測古之良史耳。

錢曰:

古今凡學皆有源委(指事情的本末。語本《禮記・學記》:"三王之祭川也,皆先河而後海,或源也,或委也,此之謂務本。"鄭玄注:"源,泉所出也;委,流所聚也。")。《鄭》《衛》源,則後世艷詩委矣。若曰《鄭》《衛》刺淫,則六朝、唐以來,刺淫之作鮮矣。後者無源,前者無委。是亦不通而已矣。

駁曰:

後世淫詩自有其源,不在三百篇之内。不得謂三百篇若無淫詩,則後世淫詩爲無源,遂决三百篇有淫詩,爲後世淫詩之源也。是猶後世之亂臣賊子,自有其源,不在孔門四科[1]之内。不得謂孔門四科若無亂臣賊子,則後世之亂臣賊子爲無源,遂决孔門四科有亂臣賊子,爲後世亂臣賊子之源也。錢氏又云:"六朝、唐以來,刺淫之作鮮矣。"夫鮮之云者,則自言其尚有也,是明前

① 孔門四科,指德行、言語、政事、文學。《論語・先進》:"德行:顔淵、閔子騫、冉伯牛、仲弓。言語:宰我、子貢。政事:冉有、季路。文學:子游、子夏。"

者有委也。而錢氏竟從而斷之曰"前者無委",是何以異自言蒙古人少,遂從而斷之曰:蒙古無人乎? 是亦不通而已矣。

二

錢曰:

删《詩》之説出於司馬遷,未可信也。其言"三百五篇,孔子皆絃歌之,以求合《韶》《武》《雅》《頌》之音",敢問即無淫奔,十三國之《風》,能合於《韶》《武》《雅》《頌》乎? 其説不足信矣。

駁曰:

太史公之言,本於荀卿,謂求合《韶》《武》《雅》《頌》之中聲,不淫不濫耳。然史公之言,或非錢氏所信,敢問孔子之言足信乎? 孔子曰:"《詩》三百,一言蔽之,曰:思無邪。"夫古《詩》篇數,太史公謂三千餘篇,雖不能徵實,然以今之逸《詩》考之,今逸《詩》尚有百數十條,計其篇名當有數十。其存於今者尚如此,則孔子之時必數倍於此可知,是雖無三千,當有五六百。今《論語》言三百,則孔子自言其删之,而録三百明甚。又言"一言以蔽之,曰:思無邪",亦明指其删後無邪。倘孔子不删《詩》,而可概斷天下之詩盡爲無邪乎? 今天下之詩亦衆矣,錢氏敢以一言蔽之曰"思無邪"乎? 孔子又曰:"誦《詩》三百,授之以政,不達;使於四方,不能專對;雖多,亦奚以爲?"言所録者雖止三百篇,其於政化詞令已大備。倘誦此而不能用,則雖盡誦其他删外之詩,亦無益也。此皆孔子自言删《詩》之明證也。豈孔子之言,亦不足信乎? 略與黄式三説同(詳黄式三《論語後案》),而僕(自稱的謙詞)説加詳。

錢曰:

詩之艷者,流傳必易。漢人既言《詩》雖遭秦火,而口傳不亡,則艷詩不亡可知。

駁曰：

三百篇經孔子所録，故經師相傳，遭秦火而口誦不亡，遂復著於竹帛。淫詩爲孔子所不録，雖竝存於太史，而簡篇繁多，不易通流。且淫穢之語，學者亦少稱誦，故遭秦火之後，篇籍遂與各國之史竝亡。其詞雖或有存於閭閻之口者，然無經師之傳，亦不復著於竹帛，故與三百篇經師相傳之經，不可竝論也。豈得謂艷詩不亡，遂謂三百篇有淫詩哉？

錢曰：

使今有聖人，雖居天子之位，苟欲舉六朝、唐之艷體而删之，而謂能使其詩之不傳，有是理乎？如曰不能，而謂孔子無位之儒能之乎？謂删之而卒不能使其詩不傳，聖人不若是之愚。

駁曰：

孔子删《詩》，亦將以教弟子，教天下後世而已。孔子不謂其删之後，則必能使其他之詩必不傳也。然豈以是而遂不删乎？昭明太子録《文選》，亦豈以此外之詩文遂必不傳乎？吾以爲昭明亦不若此之愚。然而昭明何以選之？清帝亦嘗有《古文淵鑑》[①]《唐宋詩文醇》[②]，未聞其下令盡禁廢此外之詩文。然清帝何以選之？是知選詩文者，不在欲使其他之詩文不傳而後選，而其意則欲以己書行之天下後世，以正人心、正文體也。孔子之删《詩》，亦如是而已。夫選詩文而欲使其書行於天下後世，猶著論文而欲使其説之行，而非欲此外之詩文必不傳而後爲，其理一也。

---

① 《古文淵鑒》，清聖祖玄燁選、徐乾學等編注的歷代文章總集。凡六十四卷，有注釋評論。所選文章上起《左傳》，下至宋代，大旨以有關風教有裨世用爲主。

② 《唐宋詩文醇》，《唐宋詩醇》《唐宋文醇》的合稱，清高宗弘曆選定的唐宋詩文集。其中《詩醇》四十七卷，選録唐宋六大家詩；《文醇》五十八卷，選録唐宋十大家文。兩書各篇之後皆附有評語。

今錢氏謂删《詩》、録《詩》必當能使天下之詩不傳，而後可删邪，是猶謂著論文者必能使其他人之説不傳，而後可著也。今錢氏作《鄭風説》六篇，祖朱(指朱熹)攻《序》，豈錢氏以謂遂能使古《序》不傳邪？不然，何以作之？作之而卒不能使《毛序》不傳，不知錢氏又何若是之愚也！是錢氏亦無以自解矣。且孔子筆削《春秋》而《春秋》傳，他國之史無傳，則孔子之删《詩》、録《詩》，而能使其傳與不傳，亦有當細究者，豈後儒所能臆决哉？

錢曰：

孔子曰："博學於文，約之以禮。"(《論語·雍也》)又曰："多聞，擇其善者而從之。"(《論語·述而》)《鄭》《衛》之詩，亦博學多聞者所不當棄。謂孔子不當存，聖人不若是之拘(局限)。

駁曰：

錢氏謂《鄭》《衛》之淫詩，聖人亦當一一博之邪，吾恐聖人不若是之濫。聖人言"博學於文"，不言博學於淫也。聖人謂多聞天下古今得失之林，修齊治平(修身、齊家、治國、平天下的省稱。出自《禮記·大學》)之道，不謂多聞淫事也。今教坊妓女，閭閻私娼，淫事穢言，亦已多矣。錢氏亦嘗博聞而後約擇之乎？亦曾編爲著述，以教人博聞乎？若錢氏不爲，則聖人亦當不若是之濫。

錢曰：

孔子曰："吾自衛反魯，然後樂正，《雅》《頌》各得其所。"而不及《風》，豈非以《風》爲民之風俗，而不能悉正也？又舉二《南》以爲教，(見《論語·陽貨》："子謂伯魚曰：'女爲《周南》《召南》矣乎？人而不爲《周南》《召南》，其猶正牆面而立也與？'")而不及十三《風》，亦以十三《風》不能無駁也。獨許《關雎》"樂而不淫"，則他《風》固有淫者也。

駁曰：

然則孔子止言正《雅》《頌》，不及二《南》，二《南》亦有不正邪？孔子舉二《南》以爲教，不及《雅》《頌》，《雅》《頌》亦有駁邪？孔子許《關雎》不淫，不及《雅》《頌》，《雅》《頌》亦有淫邪？夫聖人隨時立説，有偶舉其一者，有統言其全者。《論語》言《詩》者衆矣，經傳言《詩》者亦衆矣。或統言《詩》之全體，或分論《風》《雅》《頌》之各體。皆論其全者也，皆言其正，未嘗言其有淫也。而錢氏不察，獨舉其美此一部分者，以爲貶彼一部分之語，豈有當哉？

錢曰：

《風》者，太史陳之，以觀民風。必曰删之，是使學士大夫不知天下人情風俗也。若此之人，孔子豈取之哉？

駁曰：

太史陳詩與孔子删《詩》，其意不同。太史陳詩，欲使爲政者周知天下之美刺，風俗之貞淫。故無論其言之邪正，詞之工拙，一概陳之。孔子删《詩》，志在教弟子，教天下後世。故善者録之，惡者删之，猶後人選詩文集也。世豈有選惡劣之文辭，邪穢之歌曲，雜於孔、孟之文章，以爲教者乎？如其有之，請自錢氏始矣。且錢氏前既言孔子若删《詩》，亦决不能使淫詩不傳矣。今又言删《詩》之，是使學士大夫不知天下人情風俗，是又以删《詩》爲可使淫詩不傳矣。何其前後矛盾邪？今將錢氏前後之言，作爲簡單之因明論式，比較如下：

前説：

宗　　孔子决不删《詩》。

因　　不能滅淫詩故。原文云："删之而卒不能使其詩不傳。"

後説：

宗　　孔子决不删《詩》。

因　　滅淫詩故。原文云："删之是使不知天下人情風俗也。"

由此觀之，錢氏立論，前後同一宗，而二因相違，何其謬邪！

三

錢曰：

古人於《詩》，未嘗有解也，必其顯然有據者然後從而實之。凡左氏之釋《詩》，如莊姜之《碩人》，則有"衛侯之妻"之云也。[①] 許穆夫人之《載馳》，則有"歸唁衛侯"之云也。[②] 高克之《清人》，則有"清人""河上"之云也。[③] 秦穆之《黄鳥》，則有"子車"、同穴之云也。[④] 夫《鶉賁》（即《鶉之賁賁》或《鶉之奔奔》）之詩出於《衛風》，而曰"人之無良，我以爲君，我以爲兄"，其刺宣公之淫亂極易見也。[⑤]

若其即物賦詩，不涉時事，如《蹇裳》《同車》（即《有女同車》，《國風・鄭風》篇名）之類，則古人存之而不置解也。觀《左傳》之釋《詩》，豈有如《小序》之刺時、刺君之漫無實據者乎？夫既曰存不置解，則不可與《鶉賁》之刺宣公同論，此趙孟所以無譏也。

---

① 見《國風・衛風・碩人》："碩人其頎，衣錦褧衣。齊侯之子，衛侯之妻，東宫之妹，邢侯之姨，譚公維私。"《左傳》隱公三年："衛莊公娶于齊東宫得臣之妹，曰莊姜，美而無子，衛人所爲賦《碩人》也。"

② 見《國風・鄘風・載馳》："載馳載驅，歸唁衛侯。驅馬悠悠，言至於漕。大夫跋涉，我心則憂。"《左傳》閔公二年："衛之遺民男女七百有三十人，益之以共、滕之民爲五千人。立戴公以廬于曹。許穆夫人賦《載馳》。"

③ 見《國風・鄭風・清人》："清人在彭，駟介旁旁。二矛重英，河上乎翱翔。清人在消，駟介麃麃。二矛重喬，河上乎逍遥。"《左傳》閔公二年："鄭人惡高克，使帥師次于河上，久而弗召。師潰而歸，高克奔陳。鄭人爲之賦《清人》。"

④ 見《國風・秦風・黄鳥》："交交黄鳥，止於棘。誰從穆公？子車奄息。維此奄息，百夫之特。臨其穴，惴惴其慄。……"《左傳》文公六年："秦伯任好卒。以子車氏之三子奄息、仲行、鍼虎爲殉，皆秦之良也。國人哀之，爲之賦《黄鳥》。"

⑤ 見《國風・鄘風・鶉之奔奔》："鶉之奔奔，鵲之彊彊。人之無良，我以爲兄！鵲之彊彊，鶉之奔奔。人之無良，我以爲君！"《左傳》襄公二十七年，鄭伯有賦《鶉之賁賁》，而趙孟譏之曰："牀笫之言不踰閾，况在野乎？非使人之所得聞也。"杜預注："衛人刺其君淫亂，鶉鵲之不若。義取'人之無良，我以爲君，我以爲兄'也。"

駁曰：

古人於《詩》，果未嘗有解邪？錢氏前篇云："《風》者，太史陳之，以觀民風。"夫既曰觀民風，則必有解也明矣。若果無解，陳之何爲？是錢氏前言亦已認爲有解矣。今又曰無解，何其自相拂戾(違逆)邪？

若夫《左傳》言《詩》，如衛人爲之賦《碩人》之類，與七子賦詩(參前文《淫詩辨》第四部分引文)之類，一爲左氏因事而偶言及作詩之由者，一爲使臣宴享賦他人之詩以見志，而左氏記之者。二者文體不同，不能牽合爲一也。而錢氏統指爲左氏之釋《詩》，得無誤邪？至於《小序》之體，則專爲傳《詩》者，又更不得概以《左傳》相繩甚明。

且《詩》之爲體，有明斥者，有隱指者。如《碩人》之類，體之明者也；《褰裳》之類，體之隱者也。又更不得以明斥者爲有實據，而疑隱指者爲無實據也。知乎此，則《褰裳》《同車》之類，非丘明不解，然而《左傳》非專爲傳《詩》之書，故不一一言其作詩之由，與《小序》自異。而《左傳》所引《碩人》之類，適爲明斥者而已。其他之明斥者，《左傳》亦不盡引。不得據《左傳》之言《碩人》等之明者，以攻《序》之言其隱者爲無實據明矣。且知乎此，則春秋大夫賦詩言志，亦非於詩未有解。

惟斷章取義，自與左氏言《碩人》及《小序》傳《詩》者不同。不得據左氏載七子賦詩之類之虛泛，以攻《序》之實其事者爲傅會也又明矣。然賦詩斷章，亦不得漫然(隨便，貿然)。故伯有賦《鶉之賁賁》，趙孟譏之，以其於本國則爲揚淫，於使臣則爲誣淫也。而《野有蔓草》《褰裳》諸詩則無有是，故趙孟、韓起無譏焉。且宣子(韓宣子，即韓起)曰"不出鄭志"，若果無解，何以言鄭志？是必有解矣。有解而賦淫詩，則鄭之大夫何其好獻淫之甚！而趙孟、韓起受之甚喜，又何其好受淫賜也！羞惡之心人皆有之，春秋賢士大夫決不以淫穢之言相贈答以見志也。若如《序》説以爲刺，則多陳古刺今之類，斷章取義，取陳古之意焉。故韓起曰"知鄭志"，趙孟曰觀志也。是不可據《左傳》以證《序》之失，而適可以證説淫詩者之謬，彰彰明矣。

錢曰：

孔子之"放鄭聲"，吾必以爲所放者，即士大夫之所賦也。春秋士大夫皆以佞(口才捷利)爲賢，至自稱爲不佞，而孔子則惡佞、憎佞，而欲遠佞。春秋士大夫好歌鄭詩，而孔子欲放之。此放鄭、遠佞之所以並列也。是故放之云者，去其習用而遠之之謂也，正爲其習於朝廷宴享而後放之也。若棹謳(亦作"櫂謳"，摇槳行船所唱之歌)秧歌，孔子豈屑放之？且又烏得而放之？

駁曰：

錢氏既謂古人於《詩》未嘗有解，《褰裳》《同車》之類，存之而不置解，是亦不解其爲淫也。不解其爲淫，則春秋士大夫好歌鄭詩，未爲歌淫也，孔子何爲欲放之？此錢氏矛盾之説一也。

錢氏前以孔子無位之儒，不能使淫詩不傳，故決孔子不删《詩》，删之則爲愚。今又以歌鄭詩爲鄭聲，而春秋士大夫好歌於朝廷燕享，故孔子放之，與遠春秋士大夫之佞人並列，(見《論語·衛靈公》："放鄭聲，遠佞人。鄭聲淫，佞人殆。")吾誠不知孔子以無位之儒，何以能悉放各國朝廷燕享之淫樂，悉遠各國之佞臣也？不能而放，則依錢氏之説，孔子又豈若是之愚？此錢氏矛盾之説二也。

錢氏曰："春秋士大夫好歌鄭詩，而孔子欲放之。"夫欲之云者，能與不能無其權，而志猶欲放之也。錢氏又曰："若棹謳秧歌，孔子又烏得而放之？"是又以能而後放，不能則不放也。此錢氏矛盾之説三也。

且錢氏以謂鄭聲若不在朝廷宴享，則必在棹謳秧歌邪，是猶謂此草非甘草,則必苦荼也。此錢氏之謬四也。

是故要而論之,若謂孔子不能滅淫詩,故孔子决不删淫詩;則亦可謂孔子不能絶鄭聲,故孔子决不“放鄭聲”。若謂孔子雖不能絶鄭聲,而孔子亦放之以勸天下後世;則亦可謂孔子雖不能滅淫詩,而孔子亦删之以教天下後世也。若錢氏之説,則前後矛盾,進退狼狽;若吾之説,則孔子“放鄭聲”,删淫詩。鄭聲者,當時之淫樂。其聲則孔子之所放,其詞則孔子之所删。此事實之最易明者也。

四

錢曰:

賦詩與誦詩不同。古者燕享用樂,賦詩必有節奏頓拍,而輔之以金石管絃;若誦詩,則學者誦讀之常而已。夫鄭詩之淫奔者,其爲調也,必别有靡靡之音,别於他詩。所謂聲也,而士大夫相習成風。以鄭聲賦鄭詩,此孔子所以欲放之也。今以誦詩論,《溱洧》《桑中》,一過口目,雖莊士何傷?以賦詩論,則舉男女贈答之詩,而曼聲(拉長聲音)宛轉以歌之,莊士所必不爲也,而況乎朝廷之士、宴享之禮所在乎?

駁曰:

錢氏何以見誦詩與賦詩必不同乎?《楚辭·招魂》:“同心賦些(suò,句尾語助詞)。”注云:“賦,誦也。”《漢志》(《漢書·藝文志》)云:“不歌而誦謂之賦。”是賦詩亦可謂之誦詩也。

且錢氏又何以見賦詩必輔以金石管絃乎?《左傳》隱元年(前722):“公(指鄭莊公)入而賦:‘大隧(大隧道)之中,其樂也融融。’姜(指莊公母武姜)出而賦:‘大隧之外,其樂也洩洩(同“泄泄”yìyì,舒散暢快貌)。’”當此之時,亦尚能被之管絃金石乎?又襄十四年(前559),“諸侯之大夫從晉伐秦,及涇不進,叔向(晉大夫)見叔孫穆子(魯大夫),賦《匏有苦葉》(《國風·邶風》篇名)”,當此之時,亦豈能被之管絃金石乎?又二十九年(前544),“公(指魯襄公)還,及方城(楚之北山,在今河南方城縣東北)。公欲無入,榮城伯(魯大夫)賦《式微》(《國風·邶風》篇名),乃歸”,當此之時,亦豈能被之管絃金石乎?是知《左傳》稱賦詩,不必輔之金石絃管明甚。

古者燕享雖用樂,然自有合樂之詩,與賦詩言志截然兩事,不得混而爲一,遂謂春秋士大夫賦詩爲鄭聲也。且錢氏前已言古人於詩未嘗有解矣,未嘗有解,則亦未嘗知爲淫奔,則假令雖輔以金石絃管而歌之,亦何淫之有?亦何靡靡之有?即或藉口於《桑中》《溱洧》,然《左傳》所載燕享,亦未有賦此二篇者。夫《桑中》《溱洧》,錢氏所信爲淫奔者,而不賦《褰裳》《同車》之類賦矣。又錢氏所謂未有解者,不知又何以能證春秋士大夫以鄭聲歌鄭詩也?又何以能證孔子“放鄭聲”爲放《鄭風》之聲也?夫聲寄於詩,孔子之“放鄭聲”不已等於不放邪?是故“放鄭聲”者,孔子之志,欲以此勸於天下云爾;而删淫詩,則孔子之事,以此教於天下,使天下不尚淫詩,則淫聲自滅。此孔子“放鄭聲”亦不得不籍於删淫詩者也,而反謂孔子不删淫詩乎?

孔子曰:“誦《詩》三百。”夫不歌爲誦;見《晉語》(《國語》篇名)“輿人誦之[①]”注。(韋昭注:“輿,衆也。不歌曰誦。”)以聲節之,亦謂之誦。《大司樂[②]》(《周禮·春官》篇名)“興、道、諷、誦、言、語”注(鄭玄注:“以聲節之曰誦。”)。又《文王世子》(《禮記》篇名)“春誦夏弦(彈奏弦樂器)”,注云:“誦,謂歌樂也。”不言三百篇不可歌也,非必謂一過口目,便謂之誦也。又曰“學《詩》乎”(《論語·季氏》)“興於《詩》”

---

① 誦之,原誤倒,據《國語集解》乙正。

② 樂,原作“徒”,據《周禮注疏》改。

(《論語·泰伯》),非一過口目便謂之學,便可以興也。然則孔子若不删淫詩,毋乃誨淫乎?斯不然矣。

錢曰:

吾讀《論語》而知孔門之説《詩》矣。唐棣之詩,有所思也,而夫子借以喻學;[①]"巧笑倩(笑靨美好貌)兮",形容美婦人也,而師弟以之喻禮。[②] 見桃花而悟道,[③]無邪之旨在此矣,豈真以唐棣言學,巧笑言禮哉?夫以《鄭》《衛》無淫奔者,皆以唐棣言學,巧笑言禮也,豈知《詩》哉?

駁曰:

夫《詩》之作,事非一類,説《詩》者未必舍淫奔之外,遂如以唐棣言學之類也。今錢氏云"以《鄭》《衛》無淫奔者,皆以唐棣言學,巧笑言禮"者也,是錢氏以爲言《詩》者舍淫奔之外,必悉爲唐棣言學之類也。今試問錢氏:唐棣之詩,果能決其爲淫奔乎?如其能也,將何所據?如其不能,亦將出於言學之一類乎?是錢氏之説適足自陷耳。

且吾觀屈子之辭,而知詩人之寄託矣。屈子之辭曰:"心不同兮媒勞(媒人疲勞),恩不甚(深)兮輕絶(輕易棄絶)。石瀨(lài。石灘上湍過的水流。王逸注:"瀨,湍也。")兮淺淺(流疾貌),飛龍兮翩翩。交(知交,朋友)不忠兮怨長,期不信兮告予以不閒。"(《楚辭·九歌·湘君》)屈子與湘君淫奔邪?夫以《鄭》《衛》詩有淫奔者,皆

---

① 見《論語·子罕》:"'唐棣之華,偏其反而。豈不爾思?室是遠而。'子曰:'未之思也,夫何遠之有?'"朱熹集注:"此逸《詩》也,於六藝屬興。"

② 見《衛風·碩人》:"巧笑倩兮,美目盼兮。"《鄭箋》:"此章説莊姜容貌之美,所宜親幸。"又《論語·八佾》:"子夏問曰:'"巧笑倩兮,美目盼兮,素以爲絢兮",何謂也?'子曰:'繪事後素。'曰:'禮後乎?'子曰:'起予者商也,始可與言《詩》已矣。'"

③ 典出宋普濟《五燈會元》卷四:"福州靈雲志勤禪師,本州長谿人也。初在潙山,因見桃華悟道。有偈曰:'三十年來尋劍客,幾回落葉又抽枝。自從一見桃華後,直至如今更不疑。'"按,華同"花"。

以屈子與湘君淫奔者也，豈知《詩》哉？

且吾觀唐人之詩，更知詩人之寄託矣。朱慶餘[①]獻水部郎中張籍詩曰："洞房昨夜停紅燭，待曉堂前拜舅姑。粧罷低聲問夫婿，畫眉深淺入時無。"(《近試上張籍水部》)朱慶餘與張籍豈爲夫婦邪？夫以《鄭》《衛》詩有淫奔者，皆以朱慶餘與張籍爲夫婦者也，又豈知《詩》哉？此正錢氏所謂古今凡學，皆有源委者也。

五

錢曰：

攻朱説者多矣，果能使三百篇無一淫奔乎？《左傳》言《桑中》竊妻矣。又曰："苟有可以加於國家者，棄其邪可也。《静女》之三章，取彤管焉。"意謂於淫奔猶有取焉。《大車》(《國風・王風》篇名)言："豈不爾思，畏子不奔。""奔"之爲言，作詩者自供之，而謂《詩》無淫奔乎？

駁曰：

《桑中》，《序》以爲刺竊妻妾。《左傳》所言，即本諸《序》，而頗近於斷章取義之例，未能證明其爲淫者自作也。"苟有加於國家者，棄其邪可也。《静女》之三章，取彤管焉；《竿旄》'何以告之'，取其忠也。"此言苟有益於國家者尚當寬之，况用其法取其忠者乎？《静女》《竿旄》二語對文，謂已取其法，取其忠而已，非承上"棄其邪"之言也。若謂承上"棄其邪"，則《竿旄》亦有邪乎？杜注《左傳》於《静女》之下云："雖悦女美，義在彤管。"是亦不以爲承上文"棄其邪"而言也。《大車》"畏子不奔"，錢氏以其言不

① 朱慶餘(797—?)，名可久，字慶餘，以字行。唐越州(今浙江紹興)人。官至秘書省校書郎。其詩清新自然，描寫細緻，爲水部郎中張籍所賞識。著有《朱慶餘詩集》。

奔而遂謂其自供淫奔，是猶聞人言不爲盜，而遂謂其已自供爲盜也，不已冤乎？

錢曰：

吾不知刺淫者爲君子邪？小人邪？君子立言，必不傷忠厚，豈有直指淫女姓氏，如孟姜、孟庸、孟弋（三者均載《國風·鄘風·桑中》）乎？

駁曰：

錢氏以孟姜、孟庸、孟弋確有其人乎？何以淫者悉爲孟？送往迎來，又何以如此相同乎？是知三姓之婦女有淫者，則爲事實；而篇中言詞，則爲詩人虛儗（通"擬"），無疑矣。是何傷忠厚乎？且詩人之詞，亦有直刺而不諱者，如《鶉賁》之類是也。

錢曰：

城隅俟我，搔首踟蹰（chíchú，猶豫，徘徊），（見《國風·邶風·静女》："静女其姝，俟我於城隅。愛而不見，搔首踟蹰。"）東方未明，（見《國風·齊風·東方未明》："東方未明，顛倒衣裳。顛之倒之，自公召之。"）彼姝（shū，美色，美女）履迹，（見《國風·齊風·東方之日》："東方之日兮，彼姝者子，在我室兮。在我室兮，履我即兮。"）刺淫者不身更其事而爲此語，其去淫不遠矣。

駁曰：

"古者后夫人有女史彤管之法"，竝見《御覽》（即《太平御覽》）所引劉向《五經要[①]義》。夫淫奔者，豈有取於女史彤管之法邪？則此詩爲陳古刺今，明城隅俟我、搔首踟蹰乃陳親迎俟門之禮，豈得謂爲身歷淫奔者乎？《東方之日》，古説皆以爲陳古刺今，然吾謂此即爲直陳以刺淫，亦無不可。其體猶《召南》之《摽梅》（即《摽有梅》），惟一則美其及時，一則譏其好色忘體耳。今若以詩詞

① 要，原作"異"，據《太平御覽》改。

之頗似男女期會者，而概斥淫奔，則屈子亦可謂之淫奔者矣。

錢曰：

《記》(指《禮記・樂記》)曰："桑間濮上，亡國之音也。""桑間"非《桑中》而何？

駁曰：

"桑間濮上"，乃殷紂之樂，故爲亡國之音，而《鄭》《衛》非亡國之詩，故"桑間"决非《桑中》。

錢曰：

吾不知此亡國之音，是刺淫者爲之邪？淫者爲之邪？若曰刺淫者爲之，則國不亡於淫，而亡於刺，不如不刺之愈也。

駁曰：

政教、風俗、人心之壞，而後亂亡之音作。國之亂亡，由於人心、風俗、政教之壞，而音乃徵兆而已。非謂國無亂亡之實者，一作此刺淫之詩，國遂亂亡，而國有亂亡之實者，不作此刺詩，國遂不亂亡也。亂亡之音，有淫人自爲之者，有刺淫奔之人爲之者。自爲之者，則發於其人心之壞。刺之者，則發乎欲止淫之心。然雖欲止淫，而淫或卒不可止，亂亡終不可救，亦非刺淫者之罪也。春秋多亂臣賊子，孔子作《春秋》以誅之，亦欲止亂賊，救亂亡而已。然而卒不能救周之亂且亡者，孔子不任其過也。詩人刺淫何以異此？今錢氏曰："國不亡於淫，而亡於刺，不如不刺之爲愈。"是何異責孔子之作《春秋》，以爲周不亡於亂臣賊子，而亡於孔子之作《春秋》，不如不作爲愈邪？

錢曰：

刺忽(指鄭昭公，姬姓，名忽)何也？忽辭昏(同"婚")於齊，[1]是

---

① 見《左傳》桓公六年："齊侯欲以文姜妻鄭大子忽，大子忽辭。人問其故，大子曰：'人各有耦，齊大，非吾耦也。《詩》云："自求多福。"在我而已，大國何爲？'君子曰：'善自爲謀。'及其敗戎師也，齊侯又請妻之，固辭。"

其賢也，無罪而遇弑，(據《左傳》桓公十七年載：鄭昭公立，其卿高渠彌懼其殺己；“冬十月辛卯，弑昭公，而立公子亹”。)不聞詩人美之哀之，而一刺再刺，三四刺不已，獨傲上(指對上倨傲)不軌之段(指共叔段，鄭莊公同母弟)，則美而愛之，有此人情乎？

駁曰：

《鄭》詩非一人所作，故不能前後畫一；即一人之作，而感情之通塞有時，亦不能畫一。錢氏豈謂其必能一之邪？曰刺之云者，有惡而刺之，有傷而刺之，有惜而刺之。詩人之刺忽，未必如誅(責備，譴責)獨夫之志也。忽之死，或亦有詩人哀之者，而其詩不傳，未可知也。

至於二《叔於田》(指《鄭風》中的《叔於田》《大叔於田》兩首)，《序》固以刺莊公而非美叔段者也，[①]以爲美叔段者，朱子耳。[②] 就《序》之説以言《詩》，固未有矛盾也。而錢氏攻《序》，乃以朱子之説入於《序》，攻其説之自相矛盾，爲不近人情，何其悖於論理邪！

錢曰：

或以箕子之狡童，[③]比《鄭》之《狡童》以刺忽。則不然，《詩》有賦、比、興，忽之弱豈紂之淫暴比？奈何以《鄭風》之賦，爲箕子之比乎？

駁曰：

狡童非窮惡極暴之名也。紂雖極惡，以箕子之忠愛，豈有斥

---

① 見《毛詩序》：“《叔于田》，刺莊公也。叔處于京，繕甲治兵，以出于田，國人説而歸之。”又《毛詩序》：“《大叔于田》，刺莊公也。叔多才而好勇，不義而得衆也。”

② 見《詩集傳・鄭風・叔於田》：“段不義而得衆，國人愛之，故作此詩。”《詩集傳・鄭風・大叔於田》：“蓋叔多材好勇，而鄭人愛之如此。”

③ 參《史記・宋微子世家》：“其後箕子朝周，過故殷虚，感宫室毁壞，生禾黍，箕子傷之，欲哭則不可，欲泣爲其近婦人，乃作《麦秀》之詩以歌咏之。其詩曰：‘麦秀漸漸兮，禾黍油油。彼狡僮兮，不與我好兮！’所謂狡僮者，紂也。殷民聞之，皆爲流涕。”

以窮惡極暴之名者哉？夫箕子可以稱紂，而謂鄭之詩人不能以指忽乎？

六

錢曰：

朱子之於《詩》，玩其辭，觀其意也。玩其辭，觀其意，而必爲淫奔，朱説得矣；玩其辭，觀其意，而猶未必爲淫奔，則朱説猶有濫也。

駁曰：

錢氏前言隱指一事，鄰右不能知，謂鄰右亦不能玩其辭而知也。又謂古人未有解，亦以古人不能玩其辭而知也。然則朱子與錢氏豈能玩其辭而知之乎？

錢曰：

予以爲《東門之墠》，訪友不遇也；《揚之水》，贈人也；《風雨》，朋友相遇也；《木瓜》，朋友相饋遺也；《采葛》《丘中》(即《丘中有麻》)，亦未始非朋友酬和之作。此吾所以慎妨朱説之過也。

駁曰：

此比之朱子之誣淫則善矣，然其如錢氏所謂隱指一事，鄰右不能知之説何？

錢曰：

古人有言，"善言古者，必有驗於今"(《漢書・董仲舒傳》)。吾之説《詩》，皆有驗於今者也。説《詩》而無驗於今，吾不欲聞之矣。

駁曰：

張衡《四愁詩》云：

我所思兮在太山(即泰山),欲往從之梁父(泰山南面的一座小山)艱,側身東望涕霑翰(衣襟)。美人贈我金錯刀(刀環或刀柄鍍金的佩刀),何以報之英瓊瑶(英、瓊、瑶皆美玉。英,通"瑛")。路遠莫致倚(通"猗",語助詞)逍遥,何爲懷憂心煩勞!

我所思兮在桂林(秦桂林郡,西漢改稱鬱林郡,治所在今廣西桂平縣西南),欲往從之湘水深,側身南望涕霑襟。美人贈我金琅玕(lánggān,圓潤如珠的美玉),何以報之雙玉盤。路遠莫致倚惆悵,何爲懷憂心煩傷!

我所思兮在漢陽(東漢郡名,治所在今甘肅甘谷縣東),欲往從之隴阪(即隴山,六盤山南段)長,側身西望涕霑裳。美人贈我貂襜褕(chānyú,直襟單衣),何以報之明月珠。路遠莫致倚踟躕,何爲懷憂心煩紆(煩悶鬱結)!

我所思兮在雁門(東漢郡名,治所在今山西朔州市東南),欲往從之霻(同"雪")雰雰(fēnfēn,飄落貌),側身北望涕霑巾。美人贈我錦繡段(同"緞"),何以報之青玉案。路遠莫致倚增歎,何爲懷憂心煩惋!

此效屈原以美人爲君子,以珍寶爲仁義,以水深、雪雰爲小人,思以道術相執貽於時君,而懼讒邪不得通其辭者也。《鄭》《衛》之詩亦如是而已。此《小序》之説,正錢氏所謂"有驗於今"者也,錢氏何以不欲聞之乎?今若不信美人君子之説,而以美人爲婦人,指張衡爲與太山、桂林、漢陽、雁門四方之婦人淫奔,得無誤乎?朱子之説《詩》正此類矣。錢氏豈又以張衡之詩爲思友之作邪?則張衡之自序亦不足信矣。

屈子之《離騷》曰:"溘(kè,驟然)吾遊此春宫兮,折瓊枝以繼佩。及榮華之未落兮,相(擇)下女之可詒(通"貽",贈送)。"《九歌》云:"采芳洲兮杜若(香草名。葉廣披針形,味辛香。夏日開白花),將以遺(wèi,贈與)兮下女。時不可兮再得,聊逍遥兮容與(從容悠閒貌)。"此文若無其題而玩其辭,亦可以指屈子與下女淫奔矣。此徒玩其辭之法,不能驗於今者也。錢氏不欲聞之,而獨説之乎?

十一年(1922)六月。

周公居東辨

杜按:《尚書·金縢 téng》言周公居東之事,[1]自太史公與鄭康成異説,古來議者紛紜,羌(句首語助詞)無一定! 大抵憑胸臆立説,至清儒而稍爲徵實。然以予觀之,執諸家之一説,均有所難通;取諸家之説而折中之,則周公之事乃明。是故避位之説,吾不取鄭氏,《文王世子》(《禮記》篇名)正義引鄭氏《金縢》注:"文王崩後明年,生成王,則武王崩時,成王年十歲。服喪三年畢,成王年十二歲。明年將踐阼(阼 zuò,本指大堂前東面的臺階,為主人之位。踐阼,指天子即位),周公欲代之攝政,群叔流言,周公辟(通"避")之,居東都,時成王年十

---

① 見《尚書·周書·金縢》:

> 武王既喪,管叔及其群弟乃流言於國,曰:"公將不利於孺子。"周公乃告二公曰:"我之弗辟,我無以告我先王。"周公居東二年,則罪人斯得。于後,公乃爲詩以貽王,名之曰《鴟鴞》。王亦未敢誚公。
>
> 秋,大熟,未穫,天大雷電以風,禾盡偃,大木斯拔,邦人大恐。王與大夫盡弁,以啓金縢之書,乃得周公所自以爲功代武王之説。二公及王乃问诸史与百执事。對曰:"信。噫! 公命我勿敢言。"
>
> 王執書以泣,曰:"其勿穆卜! 昔公勤勞王家,惟予冲人弗及知。今天動威以彰周公之德,惟朕小子其新逆,我國家禮亦宜之。"王出郊,天乃雨,反風,禾則盡起。二公命邦人凡大木所偃,盡起而築之。歲則大熟。

三也。居東二[①]年，成王收捕周公之屬黨，時成王年十四也。明年秋，大孰(同"熟")，遭雷風之變，時周公居東三年，成王年十五，迎周公返，而居攝之元年也。居攝四年，封康叔，作《康誥》，是成王年十八也。故《書傳》曰：'天子太子十八，稱孟侯。'居攝七年，成王年二十一歲。明年，成王即政，年二十二也。"而有取汪中[②]；汪中《周公居東證》："《説文》：'辟，治也。《周書》曰：我之弗辟。'叔重(即許慎，字叔重)稱《書》孔氏乃用古文'辟'之從井，訓治，孔壁遺簡，安國[③]講授，其相承固然。成王之立，年本十三，又在不言之地，周公方'抗(舉)世子之法於伯禽(周公長子)'(《禮記・文王世子》)，使王知父子、君臣、長幼之義。社稷新造，旋遭大喪，自以王室懿親(至親)，身爲冢宰(職官名。周制，爲百官之長，六卿之首)，踐阼而治，以鎮天下。而三叔(指周武王之弟管叔、蔡叔、霍叔)覬(jì，見)主少國疑，大臣未附，苟肆(隨意、放肆)惡言，詿 guà 誤(欺蒙牽累)百姓，相率拒命，以濟其姦。周公秉國之鈞，禮樂征伐，皆自己出，傷丕基(偉大的基業)之將墜，憂四方之不寧，龔行(奉行)天罰，以執有罪，是誠不得已者也。洎(jì，及)夫管叔既經(縊殺)，蔡叔流放，雖任常刑，猶悼同氣(指同胞兄弟)，是故咎鴟鴞(chīxiāo，鳥名。俗稱貓頭鷹)之取子，睹零雨而心悲。〔《詩・東山》(《國風・豳風》篇名)："我心西悲。"傳："公族有辟(法)，公親素服，不舉樂，爲之變，如其倫之喪。"〕其言有文焉，其聲有哀焉，斯其仁至義盡者已！"(汪中《述學・内篇二・周公居東證》)居東之説，吾不取劉台拱[④]，劉説詳見下引。而有取於黄以周；黄説詳下。誅管、蔡之説，

---

① 二，原作"三"，據《禮記正義》改。

② 汪中(1745—1794)，原名秉中，字容甫，清江蘇江都(在今江蘇揚州)人。治經宗漢學，爲文尚漢魏。於詩、古文、書翰無所不工。著有《尚書考異》《大戴禮記正誤》《述學》《廣陵通典》《容甫先生遺詩》等。

③ 安國指孔安國，字子國，西漢魯人。孔子後裔。受《詩》於申公，受《尚書》於伏生。相傳曾得孔宅壁中所藏《古文尚書》，創古文尚書學派。著有《古文孝經傳》《論語訓解》等。

④ 劉台拱(1751—1805)，字端臨，一字江嶺，清江蘇寶應人。官丹徒縣訓導。精通經學、音韻、訓詁、天文、曆算等。著有《論語駢枝》《經傳小記》《國語補校》《荀子補注》《漢學拾遺》《劉端臨先生文集》等。

吾不取汪中，汪説已見前注。而有取於馬其昶[①]；馬其昶云："東征之役，古今聚訟。夫變起倉卒，公既攝政，不應引嫌自避，則鄭氏以爲避居東都者非也。然骨肉之間，一聞流言，遽(jù，匆忙)興師征，朱子晚年又疑其事，竊謂無可異也。周公之東征，特提兵鎮懾，使其禍不至蔓延，又不亟於致討。萬一叛人革面(指改變臉色或態度)，猶可曲全，所以爲仁至義盡。不然，一戎衣而有天下，殄(tiǎn，消滅)殷小醜，奚待二年哉？史臣知之，故不曰'東征'而曰'居東'，不曰'誅武庚、管、蔡'而曰'罪人斯得'，聖人哀矜惻怛(cèdá，惻隱悲傷)之心，並當日情事，皆昭然若揭矣。後之説者多昧之。"(馬其昶《詩毛氏學・國風十五》)作《鴟鴞》(《國風・豳風》篇名)詩之説，吾不取胡承珙[②]，胡説見下引。而有取於太史公。太史公説見下引。

何謂避位之説，不取於鄭氏，而有取於汪中也？周公避位，按之於理而不合，考之於古而無據也。《論語》曰："'高宗(商王武丁)諒闇(又作"亮陰""諒闇""梁闇"。鄭玄認爲指凶廬，即居喪之所。朱熹集注："諒陰，天子居喪之名，未詳其義。")，三年不言。'何謂也？孔子曰：'古之人皆然，君薨，百官總己以聽於冢宰三年。'"(《論語・憲問》)是據禮而言。武王崩，成王雖立，在不言之列，周公應攝位，一也。《金縢》言"王與大夫盡弁(biàn，戴禮冠)"，天子十二而冠，則啓金縢(用金屬繩帶緘封的秘櫃)時，成王年已十二以上。然蒙恬、吕不韋、淮南王、太史公皆謂成王幼在襁褓(詳《史記・蒙恬列傳》《吕氏春秋・慎大覽》《淮南子・要略》《史記・魯周公世家》)，荀

---

① 馬其昶(1855—1930)，字通伯，晚號抱潤翁，近代安徽桐城人。清末曾任學部主事、京師大學堂教習。民國初年任清史館總纂，參修《清史稿》。少習古文，宗法桐城；後治群經，兼及子史。著有《重定周易費氏學》《尚書誼詁》《詩毛氏學》《老子故》《莊子故》《屈賦微》《抱潤軒文集》等。

② 胡承珙(1776—1832)，字景孟，號墨莊，清安徽涇縣人。官至臺灣兵備道。少工詞章，後究心經術，於《毛詩》用力尤深。著有《毛詩後箋》《儀禮古今文疏義》《爾雅古義》《小爾雅義證》《求是堂詩文集》等。

子言“成王冠，而周公歸藉(席也，位也)”(《荀子·儒效篇》)，韓非子言“七年而成王壯，授之政”(《韓非子·難二》)，則武王崩時，成王年尚甚小，猶未冠也。章炳麟云：“天子之堂九尺，雖成人爲君者，上除陛(除、陛同義，指宫殿的臺階)則有瑗(yuàn《説文》：“瑗，大孔璧。人君上除陛以相引。”)以援之，懼其傾隊(同“墜”)以隋(通“隳”huī，毁壞)容止，猶登車之有綏(挽以登車的繩索)。其在兒童，固弗勝是。是故不能涖阼，周公從而踐之。”(《太炎文録初編·與簡竹居書》)然則周公應攝位，二也。

章氏又云：“殷禮固兄弟相及，故《逸周[①]書·度邑》曰：‘王曰：“旦(周公之名)！乃今我兄弟相後(猶兄終弟及)。”叔旦恐，泣涕共(通“拱”)手。’明周公及(繼)武王者[②]，受之末命(臨終時的遺命)，故涕泣共手以承之。後之反籍(即返藉，歸還天子之位)，則制禮之新意，以周道枝主(枝條與主幹，比喻宗族的旁系與直系)，不相間也。”(《太炎文録初編·與簡竹居書》)然則周公之攝位，在當時固不爲非常可怪之事矣。夫既有可攝之例，而又有不得不攝之勢，則周公之攝位也，又何疑乎？

《金縢》云：“周公乃告二公曰：‘我之弗辟，我無以告我先王。’”太史公釋之云：“周公乃告太公望、召公奭 shì 曰：‘我所以弗辟而攝行政者，恐天下叛周，無以告我先王太王、王季、文王。’”(《史記·魯周公世家》)夫既已攝之矣，一聞流言，而遂避位，舉天下之大於風雨漂摇之際，盡以授之不言之孺子，則周公其何以對先王哉？是不亦與周公之言自相矛盾邪？

且鄭氏以“罪人斯得”爲周公避位之後，成王誅周公之屬黨。夫成王果能誅周公之屬黨，則成王於公已顯如仇敵。成王之勢

---

① 周，原脱，據《太炎文録初編》補。

② 者，原作“皆”，據《太炎文録初編》改。

又如此其大，則又何難並舉周公而誅之邪？則經云“王亦未敢誚公”(《尚書·金縢》)，此何説也？誚公尚不敢，而謂敢誅公之屬黨哉？論者或又以謂周公避位，提兵居外，其富貴不減平時。若然，則周公之屬黨，亦當隨周公而東，成王又何能誅之？若謂周公自避，而屬黨不避，則聖人慈以使衆之道，(出《禮記·大學》："孝者所以事君也，弟者所以事長也，慈者所以使衆也。")又豈其然？此則鄭氏之進退失據，曹元弼[①]雖曲爲之彌縫，不可得已。

考《荀子·儒效篇》云：

> 大儒之效(功效)：武王崩，成王幼，周公屏(蔽護)成王而及(繼)武王以屬(統屬)天下，惡天下之倍(通“背”)周也。履天子籍(位)，聽天下之斷，偃然(安然)如固有之，而天下不稱貪焉；殺管叔，虚殷國，而天下不稱戾焉；兼制[②]天下，立七十一[③]國，姬姓獨居五十三人，而天下不稱偏焉。教誨開導成王，使諭於道，而能揜 yǎn 迹(揜迹指承襲先輩的事業)於文、武。周公歸周，反籍於成王，而天下不輟事周，然而周公北面而朝之。
>
> 天子也者，不可以少當，不可以假攝爲也。能則天下歸之，不能則天下去之。是以周公屏成王而及武王以屬天下，惡天下之離周也。成王冠，成人，周公歸周反籍焉，明不滅之義也。周公無天下矣，鄉(通“向”，從前，往昔。下同)有天

---

① 曹元弼(1867—1953)，字穀孫，又字師鄭、懿齋。號叔彦，晚號復禮老人，又號新羅仙吏。江蘇吴縣(在今江蘇蘇州)人。遍注群經，尤精禮學。著有《周易鄭氏注箋釋》《古文尚書鄭氏注箋釋》《禮經校釋》《孝經集注》《復禮堂述學詩》《復禮堂文集》等。

② 制，原作“剬”，據《荀子集解》改。

③ 一，原作“二”，據《荀子集解》改。

下，今無天下，非擅（通“禪”，禪讓）也；成王鄉無天下，今有天下，非奪也：變勢次序節然也。王先謙[①]云：“節然，猶適然也。”

故以枝代主而非越也，以弟誅兄而非暴也，君臣易位而非不順也。因[②]天下之和，遂文、武之業，明枝[③]主之義，抑亦變化矣，天下厭然（安然）猶一也。非聖人莫能爲，夫是之謂大儒之效。

此言周公攝政之事甚備。所謂“履天子之籍，聽天下之斷”者，《韓詩外傳》引作“履天子之位，聽天下之政”。是周公曾履天子之位，與《史記·魯周公世家》言“周公乃踐阼，代成王，攝行政當國”之説相合。

《淮南子》亦本之，《氾論》篇（《淮南子》篇名）云：

武王崩，成王幼少，周公繼文王之業，履天子之籍，聽天下之政，平夷、狄之亂，誅管、蔡之罪，負扆（扆 yǐ，户牖間畫有斧紋的屏風。古代天子朝諸侯，背靠屏風南面而立，稱爲負扆）而朝諸侯，誅賞制斷，無所顧問，威動天地，聲懾四海，可謂能武矣。成王既壯，周公屬（zhǔ，託付）籍致政，北面委質（質，通“贄”。委質，指獻上見面禮，確定君臣之分）而臣事之，請而後爲，復而後行，無擅恣（獨斷放縱）之志，無矜伐（恃功自誇）之色，可謂能臣矣。

是周公攝位以至誅管、蔡，固未嘗去職也。然則成王豈有能誅周公屬黨之事哉？此非荀子、淮南王之言而已也。韓非《難》

① 王先謙，原作“王引之”，據《荀子集解》王先謙按語改。

② 因，原脱，據《荀子集解》補。

③ 枝，原脱，據《荀子集解》補。

篇云:“周公旦假爲天子七年,成王壯,授之政。”(《韓非子·難二》)《吕氏春秋·下賢》篇云:“周公旦,文王之子也,武王之弟也,成王之叔父也,所朝(訪,見)[1]於窮巷之中、甕牖(以破甕爲窗,指貧寒之家)之下者七十人。文王造(往,至)之而未遂,武王遂之而未成,周公旦抱少主而成之,故曰成王。”與荀卿所言其意同也。然則周公之於天下,其責任何其重也!求之鄭氏之説,豈有合哉?

爲避位之説者,始於誤讀《墨子》。《耕柱》篇云:“古者周公旦非(斥責)關(通“管”)叔,辭三公,東處於商蓋(通“奄”)。”吴汝綸云:“《墨子》‘東處於商蓋’,亦謂東伐商奄(商奄爲古國名,在今山東曲阜一帶)。其言‘東處’,即用《尚書》‘居東’爲辭。近儒援此爲馬、鄭‘避位居東’之證,誤也。”(吴汝綸《尚書故》)吴氏以《尚書》“居東”爲《墨子》之“東處商蓋”,非也。其謂“東處”,即東伐是也。蓋墨子“因高石子(墨子弟子)三朝(三次朝見)必盡言,而言無行”,是以去。疑衛君以爲狂之問,而引周公非關叔、辭三公、東居於商奄之事以對,且曰:“人皆謂之狂。後世稱其德,揚其名,至今不息。”(《墨子·耕柱》)然則墨子之意,重在於非關叔、東征商蓋,當時以爲狂,而周公準之於義,故受狂而不顧,重在於伐商蓋之狂,而不重在辭三公之事也。後儒誤以爲高石子去衛,而周公辭三公,故以周公爲避位耳。“東處於商蓋”,即東伐商蓋,非避居於商蓋。

此其事可以《韓非子》證之,《説林》篇云:“周公旦已勝殷,將攻商蓋。辛公甲(又稱辛甲,周太史)曰:‘大難攻,小易服,不如服衆小以刼大。’乃攻九夷而商蓋服矣。”此其明證也。然則周公未嘗不握天下之權,所謂“辭三公”者,蓋出居於外,不得不暫去三公之位耳,與鄭氏避世之説固絶殊也。此吾於避地之説,不取鄭氏,而有取於汪中也。

---

① 朝,原作“期”,據《吕氏春秋》改。

何謂居東之説，不取劉台拱，而有取於黄以周也？劉氏以居東爲居洛邑(又作“雒邑”。周東都，在今河南洛陽市瀍河兩岸)，曰：“洛邑，天下之咽喉，而京師之屏翰(屏障輔翼)也。北阻孟津以距商，東據虎牢之險以控諸侯。而公以成周(即周東都洛邑。東漢何休《春秋公羊傳解詁》曰：“名爲成周者，本成王所定名，天下初號之云爾。”)之衆，坐鎮其中，亦足以待天下之非常，而憂王室矣。”(劉台拱《劉端臨先生文集·周公居東論》)其説似是矣，而未也：夫居洛邑，則去王室遥遠。成王既已疑公，一旦提兵遠出，豈不益滋其疑？且遠出至於二年之久，雖足以控制叛國，於王朝之事，盡付於孺子王，豈所謂對我先王者哉？黄以周云：“周公之謚曰‘文公’，見《國語》。(《國語·周語》：“是故周文公之《頌》曰：‘載戢干戈，載櫜弓矢。我求懿德，肆于時夏，允王保之。’”)其曰‘周公’者，以采地得名，與召公、畢公同也。周公稱周，其采地在岐周。遭流言之變，東避於邠(bīn，地名，今陝西省彬州市一帶)，故曰‘居東’。邠在岐周之東也。”(黄以周《儆季雜著·群經説·讀〈豳風〉》)此説得之。蓋邠爲周之采地。荀子云：“周公歸周，反籍於成王。”楊倞注云：“周公所封畿内之國亦名周，言周公自歸其國也。”荀子言周公返政後歸周，與居東雖不同時，然所謂“歸周”必謂自歸其周之采地，可由是而推知也。蓋當周公之攝政也，亦嘗履天子之位，斷天子之政，如荀子、韓非子之所云云者。至流言既起之後，故退居於邠，不履天子之位，以釋朝野之疑。而邠地亦近在王畿，政事易於處斷，避履位之嫌，有攝政之實，且可以徵察叛國，以策萬全。故二年之間，而禍首斯得。故《書》云“周公居東二年，則罪人斯得”也。此吾於居東之説，不取劉台拱，而有取於黄以周也。

何謂誅管、蔡之説，不取汪中，而有取於馬其昶也？汪中於《金縢》“我之弗辟”，據《説文》作“擘”，訓爲治。謂不治流言所自起,則無以告我先王,“傷丕基之將墜,憂四方之不寧,龔行天罰,以執有罪”。陳澧[1]駁之,以爲周公不應“一聞流言,而遽興兵誅殺兄弟”(陳澧《東塾讀書記》卷六)。朱熹亦謂“聖人氣象,大不如此”(見《晦庵先生朱文公續集·答蔡仲默》),其説是也。然遂以“不辟”之“辟”爲避位,從鄭氏之説,則亦非也。訓“辟”爲避,駁已見前。訓“辟”爲治,本於《説文》。然予以謂《説文》訓“辟”爲治,此説字之本義。引《周書》曰“我之弗辟”,乃明假借之義。許(指許慎)時《尚書》蓋有假“辟”爲“避”者,許意非必以《書》之“辟”亦爲治也。《艸部》云:“芼,艸覆蔓也。”引《詩》曰:“左右芼之。”毛公云:“擇也。”訓擇,則“左右芼之”與“左右采之”同義例。則許意亦以“艸覆蔓”訓“芼”之本義,引《詩》“左右芼之”,證“芼”字之假借爲擇耳。許君引經,正多此例。故《尚書》之“弗辟”,不得據許君引《書》訓爲不治,而以周公爲一聞流言,即誅殺兄弟也。

胡承珙云:

> 周公初聞流言,自不容遽興問罪之師;而宗室大臣受遺輔政,又不可引嫌退避,不顧社稷之憂。故辟者,謂當體察虚實,推究主名,所以出而鎮撫東方,就近控制。蓋辟非誅殺之名,亦非退避之義。《尚書》史臣之文,據事實言曰“居東”,必非東征;曰“罪人”,必指叛者;曰“得”,必尚未伏誅。(胡承珙《毛詩後箋》卷十五)

胡氏謂周公不當退避,亦不當亟殺兄弟,是也。然“弗辟”亦

---

① 陳澧(1810—1882),字蘭甫,號東塾,清廣東番禺(在今廣東廣州)人。曾任河源縣訓導、學海堂學長、菊坡精舍山長。治學宗鄭玄、朱熹,兼采漢宋。著有《東塾讀書記》《漢儒通義》《切韻考》《聲律通考》《東塾集》等。

當從太史公,《周公世家》云:“我所以弗辟而攝行政者,恐天下畔(通“叛”)周,無以告我先王”,則史公之意明謂我所以弗避嫌疑而攝政也。史公從孔安國受《尚書》,此乃古義如此,稽之於事理,最爲脗(同“吻”)合者也。

然則“辟”非避位,亦非誅殺,亦非推究。而《書》所以言“周公居東”者,則與上文不能併爲一談。“居東”者,居於邠之采地,以貞察(猶偵查)主名,威攝叛國。馬其昶云:“周公東征,特提兵鎮攝,使其禍不至蔓延,而不亟於討致。萬一罪人革面,猶可曲全,所以爲仁至義盡。史臣知之,故不曰‘東征’,而曰‘居東’。”(馬其昶《詩毛氏學・國風十五》)此説近之。蓋周公居東,實早爲攻守之備,使武庚、管叔而悟,則不至於動兵而殘元氣,《尚書》所謂“居東二年”也。不幸而武庚、管叔果畔,而周公乃發東征之師,《詩序》所謂“東征三年”也。《尚書》言其前,故云“二年”;《詩》自居東防敵,以至東征,故云“三年”。居東、東征,合之爲三年;分之,居東爲二年,東征爲一年耳。非居東二年,東征又三年,共爲五年也。若爲五年,則正汪中所謂“國步(國家的命運。步,時運)既夷(衰微),王年亦長,比其反也,乃更居攝,是之謂貪”(汪中《述學・内篇二・周公居東證》)矣,豈周公所宜有哉?然則知周公居東二年,本爲威攝叛國,而非亟於誅殺,則不得疑周公爲殘殺兄弟矣。此吾於“誅管、蔡”之説,不取汪中而有取於馬其昶也。

何謂作《鴟鴞》詩之説,不取胡承珙,而有取於太史公也?《史記》云:“管、蔡、武庚等果爾率淮夷而反。周公乃奉成王命,興師東伐,作《大誥》(《尚書》篇名)。遂誅管叔,殺武庚,放蔡叔。乃爲詩貽王,命之曰《鴟鴞》。”(《史記・魯周公世家》)史公以《鴟鴞》作於殺武庚之後。胡承珙非之,以爲作於誅伐之前:

> 據《毛傳》首章《傳》曰："寧亡二子，不可以毁我周室。"曰"寧亡"，曰"不可"，皆預測之詞，非事後之語。又據經文曰"迨(趁)天之未陰雨"，曰"或敢侮予"，皆所以防於未然，而憂或然，詞意明白。若在既誅之後，必不作此語。(胡承珙《毛詩後箋》卷十五)

此似是而非之説也。《尚書》於"居東二年，則罪人斯得"之後，明著"于後"二字，則爲次年東征誅伐之後，公乃作《鴟鴞》之詩，其事甚明。若在居東之二年，則上文既云"居東二年"，何必再著"于後"二字，無乃贅乎？

胡氏又云：

> 已誅三監，則《鴟鴞》可以不作。成王雖至愚，何至叛人已誅，尚未能悟，而猶曰"王亦未敢誚公"，必待風雷之變，金縢之啓，始釋然乎？《書》又曰"惟朕小子其親迎"，及"王出郊，天乃雨，反風(風轉向倒吹)"。夫風雷，一時之變事。若東征班師而歸，則商奄去鎬京不啻千里，安能立刻還，令王於郊相見乎？此亦非也。周公之作《鴟鴞》，蓋自序其居東防患於未然，故武庚不能毁周之意。其曰"鴟鴞鴟鴞"者，統指流言者而呼之也。(胡承珙《毛詩後箋》卷十五)

其意若曰：昔之爲流言者，已陷我二子於死矣。其更無再爲流言，以至毁我王室乎？我之所以殷勤於此室者，爲孺子耳。首章。我昔之先事預防，猶及天之未陰雨，而先事綢繆也。然今武庚尚敢侮予也。二章。予所以謀此室者，至於手病口瘏(tú，疲病)，可謂至矣。而叛者猶以爲此室家非我有，可以力强奪也。三章。果然叛者猝起，吾室遂陷於風雨飄摇之中。當此之時，余雖嘵嘵（xiāoxiāo，恐懼聲）自鳴其哀，其誰知之乎？四章。[1]

言外有勸成王不宜聽流言，以傷宗親，俾得同心協力，以安周室之意。何得據詩文謂作於誅伐之前？成王雖頗疑公專權，得詩又未喻公意，然以公爲叔父，故亦未敢誚公。成王之疑公，不過心中若有不安而已，非如仇敵也。故周公歸後，仍得攝政，此時成王之年當尚未冠也。

"秋，大熟，未穫"，説者皆誤以爲"居東二年"之秋。惟《史記》云："周公卒後，秋未穫。"（《史記·魯周公世家》）其説爲得實。蓋周公卒時，成王弁，則周公攝時，成王之年必少於以周公東征歸而弁之年也，是於攝居之説爲優也。後人既誤以爲"居東二年"之秋，遂以成王親迎爲迎周公，此沿鄭氏之誤也。吴汝綸云："迎者，迓（yà，迎接）天威也。言將親祭於郊，故下言國家禮宜之。鄭氏説爲迎周公，豈大雷之時，周公適至乎？且何謂國家禮也？"（吴汝綸《尚書故》）吴説是也。

周公雖卒，而成王平日若有芒刺之心，終未能釋然。適風雷之變，啓金縢而大悟，故郊天以謝也。《史記》載周公作《鴟鴞》之詩後，"周公往營雒邑。成王長，能聽政，周公乃還政於成王。或譖周公，周公犇（同"奔"）楚。成王發府，見周公禱書，乃泣，反（同"返"，使……返回）周公。"是成王不能無芒刺之心於周公之證也。《史記》又載："周公歸，恐成王壯，治有所淫佚（縱欲放蕩），乃作

---

[1] 四章，原文無，據文例補。《國風·豳風·鴟鴞》原文云：

鴟鴞鴟鴞！既取我子，無毁我室。恩斯勤斯，鬻子之閔斯！
迨天之未陰雨，徹彼桑土，綢繆牖户。今女下民，或敢侮予！
予手拮据，予所捋荼，予所蓄租，予口卒瘏，曰予未有室家！
予羽譙譙，予尾翛翛，予室翹翹。風雨所漂摇，予維音嘵嘵！

《多士》《無(一作"毋")逸》(兩者皆《尚書》篇名),以誡成王。周公在豐(周文王所建都邑,在今陝西西安市灃河西岸),病,將没(通"歿",死亡),曰:'必葬我成周,以明我不敢離成王。'周公既卒,成王乃讓(謙讓),葬[1]周公於畢(地名,在今陝西咸陽市北),從文王,以明予小子不敢臣(以……爲臣)周公也。"(《史記·魯周公世家》)此可見周公歸政之後,憂天下之心尚如此其至,則居攝之時,斷不肯稍因流言而避位可知矣。且周公卒,成王猶明"不敢臣周公",則成王敬畏周公,非視同仇敵,周公居攝,不必避位。公作《鴟鴞》詩,"王亦未敢誚公"者,亦敬畏之甚而已。又不得據此以爲《鴟鴞》作於誅伐前也。此吾於作《鴟鴞》之説,不取胡承珙,而有取於太史公也。

然則據上之所論,則周公之事迹可得簡明之序述如下:

武王崩,成王幼,在諒闇。周公恐天下畔周,攝政。武庚、管、蔡流言,周公乃居邠,既避踐阼之嫌,以息叛人之口,并爲攻守之計,以攝叛人之膽。二年而流言之主名,乃知爲武庚。於後一年,武庚果叛。公乃奉王命周公居攝,政由己出,然猶稱王命以征伐也。征伐。既平,作《鴟鴞》之詩以貽王。王疑周公殺兄弟,心甚畏之。觀詩又未知其所以然,然亦未敢誚公。

周公歸攝政,至成王壯,乃歸政成王。人或譖周公於王,周公以王既長,可爲政,又屢被流言,因之楚。成王見周公禱書,泣,反公。周公復作《多士》《無逸》以訓王。王既敬畏周公,而芒刺之心未能去懷。

至周公卒後,秋大孰,未獲,天大雷電以風。成王懼,開金縢,復見公禱書,乃悔悟,遂郊天以謝周公之誠。

如此,則周公既無避位輕棄責任之譏,亦無手足相殘之失,

---

① 葬,原脱,據《史記》補。

考之於經史子而合,準之於事理亦無不合矣。以古今争論之多,而未能定,故不辭繁冗,而詳論之如此。

十一年(1922)十一月於無錫國學館。

詩派説

《毛詩序》云:“《詩》有六義,一曰風,二曰賦,三曰比,四曰興,五曰雅,六曰頌。”此六者可分爲二類:風、雅、頌爲一類,賦、比、興爲一類。賦、比、興散入風、雅、頌中,故今《詩》三百篇,大别之曰《風》《雅》《頌》而已。

《周南》《召南》,古來學者皆以謂屬於《國風》之内。惟宋程大昌[①]始有“《詩》有《南》無《風》”(程大昌《考古編・詩論》)之説,毛奇齡[②]已駁之,蓋徒逞臆説,而不知《禮・樂記》屢引《國風》之名也。[③]

---

① 程大昌(1123—1195),字泰之,南宋徽州休寧(今屬安徽黄山)人。官權吏部尚書、龍圖閣學士。卒謚文簡。生平篤學,於古今事靡不考究。著有《易原》《禹貢論》《禹貢山川地理圖》《考古編》《演繁露》等。

② 毛奇齡(1623—1716),又名甡,字大可,號初晴,學者稱西河先生,清浙江蕭山人。曾任翰林院檢討、《明史》纂修官等職。其説經好辨駁,多非難宋儒。著作甚富,門人輯其著述爲《西河合集》,分經集、文集兩部。

③ 見毛奇齡《詩札》:“或又謂既稱《風》又稱《南》,必《南》不名《風》,此不然。《樂記》曰:‘正直而静、廉而謙者,宜歌《風》;温良而能斷者,宜歌《齊》。’既稱《風》又稱《齊》,詎《齊》亦不得名《風》耶? 主臣謹奉教程大昌曰:‘《詩》有《南》無《國風》,古無稱《國風》者,即《邶》《鄘》以下,亦不得稱《國風》。’此否也。《表記》曰:‘《國風》曰:我躬不閲,皇恤我後。’《國風》曰:‘心之憂矣,於我歸説。’此不稱《國風》而何?”

近代學者好創新説，復謂南爲詩名，非方向之義，南當與《風》《雅》《頌》並立而爲四。以《關雎》爲《風》始，四詩數大、小《雅》而不數南，爲漢儒司馬遷等之臆説。而不知荀卿《儒效篇》云："《風》之所以爲不逐者，取是而節之也；《小雅》之所以爲《小雅》者，取是而文之也；《大雅》之所以爲《大雅》者，取是而光之也；《頌》之所以爲至者，取是而通之也。"四詩之分大、小《雅》而不數南，南之入《風》，蓋自荀卿而已然矣，何謂始司馬遷乎？

《吕氏春秋・音初》篇有"實始作爲東音""實始作爲南音""實始作爲西音""實始作爲北音"之語。其説《周南》《召南》云："禹行功（猶言禹巡視治水之功），見塗山之女，禹未之遇，而巡省南土。塗山氏之女乃令其妾待禹於塗山之陽，女乃作歌，歌曰：'候人兮猗。'始作爲南音。周公及召公取風焉，以爲《周南》《召南》。"然則《周南》《召南》之"南"，即非如《詩序》所謂"化自北而南"之説，而吕氏總舉東、南、西、北之音，則南爲因方向得名亦顯矣！

何必好奇立異，附會於《昔昔鹽》（樂府曲辭名。昔昔即夕夕，鹽即曲、引之類。明代楊慎認爲《昔昔鹽》或即梁樂府《夜夜曲》）等名，以殽亂後學之耳目哉！然則《詩》也者，舉其六義則爲風、雅、頌、賦、比、興六者。所謂四詩，則爲《風》《大雅》《小雅》及《頌》四者；分其大體，則爲《風》《雅》《頌》三者而已。

夫所謂風者，何也？《詩序》曰："上以風化下，下以風刺上，主文而譎諫，言之者無罪，聞之者足以戒，故曰風。"又云："一國之事，繫一人之本，謂之風。"是風有二義：就其爲風之事而言，則一人之事，或足以養成風氣，《序》所謂"風以動之，教以化之"之説也；就其爲詩之體而言，則"主文譎諫，言者無罪，聞者足戒"，又《序》所謂"所以風天下"者也。

雅者，《詩序》云："言天下之事，形四方之風，謂之雅。雅者正也，言王政之所由廢興也。”然雅本鳥名，《說文・疋部》“疋”下云：“足也，上象腓腸，下从止。古文以爲《詩》‘大雅’字，亦以爲‘足’字，或曰‘胥’字。一曰疋，記也。”注家多謂“疋”爲《詩》“大雅”之假借字。余考《墨子・天志》下篇引《詩》“大雅”作“大夏”。[①]《荀子・榮辱篇》“君子安雅”，《儒效篇》“居夏而夏”，則“雅”“夏”古通。“夏”之古文，《說文》作“⿱亼⿱日疋”。近日新出土石經，春夏字作“⿱日疋”，从日，疋聲。余以之證《說文》之“⿱亼⿱日疋”，乃知“⿱亼⿱日疋”當从亼、从一、从日，疋聲。亼者，大之省。詳見拙著《釋夏》（載陳柱編著《中國學術討論集》第一集，上海群衆圖書公司一九二七年版）。一者，古文“上”字，即大日在上之義，與石經“⿱日疋”字从日正同。“疋”“𤴔”古通，見《說文》“疋”字注。然則“⿱亼⿱日疋”“⿱日疋”正春夏之本字，其字从疋聲。凡从疋之字，如“⿰囱疋”[②]下云“門户青疏窗也，从疋，疋亦聲”，“㽞，通也，从爻、疋，疋亦聲”。蓋夏令日光盛大，天氣疏明，故其字如此作也。然則“⿱亼⿱日疋”是之从疋聲，義取疏通明暢。疋之義或訓爲胥，或訓爲記，蓋皆疏明之義。引申之，故爲《詩・大雅》之本也。《詩》之《雅》體，義取疏通明暢，與《風》之主文譎諫者異。故《序》云：“雅者，正也，言王政所由廢興也。”

頌者，《詩序》云：“美盛德之形容，以其成功，告於神明也。”考《說文・頁[③]部》“頌”下云：“皃也，从頁，公聲”，籀文作“額”。故頌本形容之本字，形頌作形容，蓋額字之省耳。然則頌者，本形容盛德之義，於詩爲頌，於事爲舞，其義審矣。

此風、雅、頌之本義也。然則風、雅、頌之爲體，亦可明矣。

---

① 見《墨子・天志下》：“非獨子墨子以天之志爲法也，於先王之書《大夏》之道之然：‘帝謂文王，予懷而明德，毋大聲以色，毋長夏以革，不識不知，順帝之則。’”

② ⿰囱疋，原作“㽞”，據《說文解字注》《釋夏》改。

③ 頁，原作“夏”，據《說文解字》改。

簡而言之，風本乎微婉，多言情綺靡之作；雅本乎疏明，多言事通達之作；頌本乎[①]形容，多形容功德之作。古來詩家，其派雖殊，要（總括）其流派，亦不外此三者而已。

自《詩》三百篇以後，繼之者厥推屈、宋。屈原之作，如《離騷》《九章》，悲哲王之不晤，（語本《楚辭・離騷》："閨中既以邃遠兮，哲王又不寤。"王逸注："哲，智也。寤，覺也。"）"哀民生之多艱"（《楚辭・離騷》），變雅[②]之流變也。《九歌》宛轉，"樂而不淫，哀而不傷"（《論語・八佾》），《國風》之流别也。《橘頌》（《楚辭・九章》篇名）寓意，體異形容，然以頌爲名，亦頌之變體也。宋玉之作，登徒好色，"目欲其顔，心顧其義"（《文選・宋玉〈登徒子好色賦〉》），高唐神女，薄（微）怒自持（矜持，莊重），不可犯干（犯、干同義，觸犯），（語本《文選・宋玉〈神女賦〉》："頩薄怒以自持兮，曾不可乎犯干。"）《國風》之流變也。

訖乎漢代，如《郊禮歌》《天馬歌》之屬，頌之流變也。如《十九首》、樂府之屬，風之流變也。其以詩名者，如唐山夫人[③]《房歌》，頌之流變也。韋孟[④]《諷諫》、玄成[⑤]《自劾》，雅之流變也。梁鴻[⑥]《五噫》《適吴》之作，雅之流變也。班固五篇（指《明堂詩》《辟雍詩》《靈臺詩》《寶鼎詩》《白雉詩》），附在《兩都賦》後。頌之流變也。張衡《同

---

① 本乎，原作"乎本"，據上下文乙正。

② 變雅，指大、小《雅》中周政衰落時期的作品，與治世所産生的正雅相對。語出《毛詩大序》："至于王道衰，禮義廢，政教失，國異政，家殊俗，而變風變雅作矣。"

③ 唐山夫人，亦作唐姬，姓唐山，漢高祖姬。高祖樂楚聲，姬爲作《房中祠樂》。惠帝時，更名爲《安世樂》。《漢書・禮樂志》改題爲《安世房中歌》，簡稱《房歌》。全詩仿《詩經》頌體，爲漢代樂府詩之始。

④ 韋孟，西漢彭城（今江蘇徐州）人。爲楚元王及子夷王、孫王戊三代師傅。劉戊荒淫無道，與吴王劉濞通謀作亂，次年事敗自殺。韋孟在劉戊亂前，作詩諷諫。今存《諷諫詩》《在鄒詩》兩首四言長詩。

⑤ 韋玄成（？—前36），字少翁。西漢魯國鄒縣（今山東鄒城）人。韋孟之後。官至丞相。明經好學，禮賢下士，擅四言詩。今存《自劾詩》《戒子孫詩》兩首。

⑥ 梁鴻，字伯鸞。東漢扶風平陵（在今陝西咸陽西北）人。家貧而尚節介，博覽無不通。與妻孟光隱居，終身不仕。著有《五噫歌》《適吴詩》《思友詩》等。

聲》，風之流變也。秦嘉[①]《贈婦》、徐淑[②]《答夫》，風之流變也。蔡琰（即蔡文姬，蔡邕之女）《悲憤》《胡茄十八拍》，雅之流變也。其餘如李陵、蘇武、昭君、婕妤[③]之屬，雖近乎風體，而詩多雁（同“贋”）作，（參《文心雕龍·明詩》：“至成帝品録，三百餘篇，朝章國采，亦云周備；而詞人遺翰，莫見五言，所以李陵、班婕，見疑於後代也。”）故略而不論焉。

《宋書·謝靈運傳》云：“至於建安（東漢獻帝之年號），曹氏基命（猶始命，指人主初受天命而就位），三祖（指魏太祖武帝曹操、高祖文帝曹丕、烈祖明帝曹叡）、陳王（指曹植），咸蓄盛藻（華美的辭藻），甫（始）以情緯（組織）文，以文被質（用文辭來潤飾内容）。”蓋五言詩之極盛時期矣。武帝感慨蒼凉，痛陳禍亂，雅之流變也。文帝婉孌（纏綿，深摯）温柔，情致旖旎（yǐnǐ，本爲旌旗飄隨風飄揚貌，引申爲宛轉柔順貌），風之流變也。陳王憂讒畏亂，怨而不怒，雅之流變也。明帝雖才遜乃父，然亦風之流變也。其餘諸子，如王粲[④]、陳琳[⑤]、劉楨[⑥]、

① 秦嘉，字士會，東漢隴西（在今甘肅東南）人。桓帝時，爲郡上計吏，奉使洛陽，留任爲黄門郎。後病卒於津鄉亭。所作詩感情真摯，今存《贈婦詩》《述昏詩》等。

② 徐淑，東漢隴西人。秦嘉之妻。其夫秦嘉赴洛陽時，徐氏病居母家，未及面別。秦嘉客死他鄉後，徐氏守寡終生。秦、徐夫妻恩愛，多有贈答之作。徐淑原有詩集一卷，已佚，今存《答秦嘉詩》一首。

③ 婕妤，指班婕妤（前48—2），西漢樓煩（治所在今山西寧武附近）人。始爲漢成帝宫女，賢才通辯，爲帝所幸，封爲婕妤。後爲趙飛燕所譖，退處東宫，作賦自傷。班婕妤的作品多已佚失，今存《自悼賦》《搗素賦》兩首賦。此外《文選》收入的《怨歌行》（亦稱《團扇歌》），疑爲後人僞作。

④ 王粲（177—217），字仲宣，東漢末山陽高平（治所在今山東鄒城西南）人。“建安七子”之一。漢末避亂，先依劉表，後仕曹魏，官至侍中。長於辭賦，多慷慨悲凉之作，有屈宋朗麗之風，爲“七子之冠冕”。有《登樓賦》《七哀詩》《從軍詩》等名篇傳世，明人輯有《王侍中集》。

⑤ 陳琳（？—217），字孔璋，東漢末廣陵射陽（治所在今江蘇寶應東北）人。“建安七子”之一。初從何進、袁紹，後歸依曹操，掌書記之事。擅長書檄，氣勢磅礴，文辭健爽。詩以《飲馬長城窟行》为代表作。明人輯有《陳記室集》。

⑥ 劉楨（？—217），字公幹，東漢末東平（今屬山東）人。“建安七子”之一。官至五官中郎將文學。詩風勁挺，注重氣勢，不重雕飾。明人輯有《劉公幹集》。

阮瑀[①]之徒,劉彦和所謂磊落使才、慷慨任氣者,(見劉勰《文心雕龍·明詩》:"王、徐、應、劉,望路而争驅。並憐風月,狎池苑,述恩榮,敘酣宴。慷慨以任氣,磊落以使才。")皆雅之流變也。徐幹[②]工於《室思》,繁欽[③]之賦《定情》,風之流變也。繆襲[④]之《鼓吹》,介乎雅、頌之間。應璩[⑤]之《百一》近雅,其《三叟》之作頗近乎風,蓋風、雅之間者也。

《文心雕龍·明詩》篇云:"正始(曹魏齊王曹芳之年號)明道,詩雜仙心。何晏[⑥]之徒,率多浮淺。唯嵇[⑦]志清峻,阮[⑧]旨遥深,

---

① 阮瑀(約165—212),字元瑜,東漢末陳留尉氏(今屬河南)人。"建安七子"之一。曾任司空軍謀祭酒,後徙爲倉曹掾屬。擅長書檄,與陳琳齊名;軍國書檄,多出二人之手。明人輯有《阮元瑜集》。

② 徐幹(171—218),字偉長,東漢末北海(治所在今山東濰坊西南)人。"建安七子"之一。官至五官中郎將文學。博學能文,擅五言詩,文辭秀婉。著有《中論》二十篇,及《橘賦》等數十篇。明人楊德周輯有《徐偉長集》。

③ 繁 pó 欽(? —218),字休伯,東漢末潁川(治所在今河南禹州)人。少文才機辯,得名於汝、潁。初依劉表,後爲曹操主簿。善寫詩賦,文辭巧麗。著有《繁休伯集》,已佚。

④ 繆 miào 襲(186—245),字熙伯,東海蘭陵(治所在今山東蒼山縣蘭陵鎮)人。歷事魏四世,官至尚書、光禄勳。今存詩作主要有《魏鼓吹曲》十二首,爲歌頌功業之作。

⑤ 應璩 qú(190—252),字休璉,汝南(治所在今河南汝南一帶)人。官至魏侍中、大將軍長史。博學工文,善爲書奏,文藻秀美。代表作爲《百一詩》《三叟》。明人輯有《應休璉集》。

⑥ 何晏(? —249),字平叔,南陽宛(今河南南陽)人。官至魏侍中、吏部尚書。好老莊之言,與夏侯玄、王弼等競事清談,爲魏晉玄學的創始者之一。著有《論語集解》等。

⑦ 嵇指嵇康(223—262),字叔夜,三國魏譙郡銍(治所在今安徽宿縣西南)人。官至中散大夫,世稱"嵇中散"。嘗與山濤、阮籍等人作竹林之遊,世稱"竹林七賢"。文辭壯麗,好言老莊,而任奇自俠。擅四言詩,鍾嶸《詩品》稱其詩"過爲峻切,託喻清遠"。明人輯有《嵇中散集》。

⑧ 阮指阮籍(210—263),字嗣宗,陳留尉氏人。阮瑀之子,爲竹林七賢之一。官至魏步兵校尉,世稱"阮步兵"。才藻艷逸,曠達不羈,以莊周爲模則。著有《詠懷詩》八十餘篇,《詩品》稱其"可以陶性靈,發憂思;言在耳目之内,情寄八荒之表"。明人輯有《阮步兵集》。

故能標(突出)焉。”余嘗覽嵇之《幽憤》《酒會》等作,感傷身世,敷衽(解開襟衽,以示坦誠)直陳,雅之流變也。阮藉《詠懷》,旨深文譎,風之流變也。

逮於晉代,張華[①]之兒女情多,傅玄[②]亦風雲氣少,風之流變也。束皙[③]《補亡》,雅之流變也。陸機[④]之緣情綺靡(語出《文選・文賦》:“詩緣情而綺靡,賦體物而瀏亮。”綺、靡同義,美好,美麗),潘岳[⑤]之《顧内[⑥]》《悼亡》,風之流變也。陸雲[⑦]則四言爲高,鄭豐[⑧]、孫拯[⑨]酬贈士龍,亦稱嘉什(優美的詩篇),皆雅之流變也。左思《詠史》,卓犖多才,張載[⑩]《七哀》,悽愴今古,雅之流變也。

---

① 張華(232—300),字茂先,范陽方城(在今河北固安南)人。官至晉司空。學業優博,器識弘曠。其詩委婉妍麗,《詩品》稱“兒女情多,風雲氣少”。原有集,已散佚,明人輯有《張茂先集》。另著有《博物志》。

② 傅玄(217—278),字休奕,北地泥陽(治所在今陝西耀縣東南)人。官至晉司隸校尉,封鶉觚男。精通音律,以樂府詩見長。著作已散佚,後人輯有《傅子》《傅鶉觚集》。

③ 束皙(約 264—約 300),字廣微,西晉陽平元城(今河北大名)人。官至尚書郎。作《補亡詩》,意在補《詩經・小雅》中“有義無辭”的《南陔》《白華》等笙詩六篇。明人輯有《束廣微集》。

④ 陸機(261—303),字士衡,西晉吴郡吴縣(治所在今江蘇蘇州)人。曾任平原内史,後爲成都王司馬穎將軍、河北大都督,兵敗被讒殺。《詩品》稱其“才高辭贍,舉體華美”。詩多樂府及擬古之作,善駢文。明人輯有《陸平原集》。

⑤ 潘岳(247—300),字安仁,滎陽中牟(今屬河南)人。官至晉黄門侍郎。長於詩賦,辭藻絶麗,尤善爲哀誄之文。明人輯有《潘黄門集》。

⑥ 顧内,《潘黄門集》作“内顧”。

⑦ 陸雲(262—303),字士龍,西晉吴郡吴縣(治所在今江蘇蘇州)人。曾任清河内史,世稱陸清河。以文才與兄陸機齊名,時稱“二陸”。其詩頗重藻飾,雅好清省。明人輯有《陸清河集》。

⑧ 鄭豐,字曼季,西晉豫州沛國(治所在今安徽濉溪西北)人。曾任吴王文學。有文學操行,與陸雲相友善。原有集,已散佚,今存《答陸士龍詩》四首。

⑨ 孫拯(? —303),字顯世,西晉吴郡富春(今屬浙江杭州)人。曾任大都督陸機司馬,與二陸相友善。原有集,已散佚,代表作有《贈陸士龍詩》十章。

⑩ 張載,字孟陽,西晉安平(今屬河北)人。與其弟張協、張亢,皆以文學著稱,時稱“三張”。官至中書侍郎,領著作。代表作有《七哀詩》《劍閣銘》等。明人輯有《張孟陽集》。

張協[①]《雜詩》，寄興深遠，風之流變也。曹攄[②]四言，敘事疏朗，雅之流變也。劉琨[③]、盧諶[④]，慷慨悲辛，雅之流變也。郭璞[⑤]《游仙》，寓意寄諷，風之流變也。楊方[⑥]《合歡》之作，頗似平子(即張衡，字平子)《同聲》之篇，風之流變也。淵明(陶淵明)淡泊，情趣實深，亦風之流變也。其餘如蘇伯玉之《盤中》[⑦]，左貴嬪[⑧]之《感離》，亦風之流變也。其無名氏之作，如《子夜》《歡聞》《桃葉》《懊儂》諸歌，則尤爲風之正派矣。

《宋書・謝靈運傳》云："爰(句首語助詞)逮(及)宋氏(南朝宋)，顔[⑨]、

---

① 張協，字景陽，西晉安平人。官至河間内史。後隱居不仕，以詠吟自娱。文稍讓兄張載，而詩獨勁出。代表作爲《雜詩》十首。明人輯有《張景陽集》。

② 曹攄 shū(？—308)，字顔遠，西晉譙國譙縣(今安徽亳州)人。官至征南司馬。工於詩賦，原有集，已散佚。代表作爲《感舊詩》《思友人詩》。

③ 劉琨(271—318)，字越石，西晉中山魏昌(在今河北無極東北)人。官至大將軍，都督并州、冀州、幽州三州諸軍事，加侍中、太尉。忠於晉朝，長期堅守并州，與劉聰、石勒對抗，後遇害。《詩品》稱其"善爲悽戾之詞，自有清拔之氣"。今存《扶風歌》《答盧諶》《重贈盧諶》詩三首。明人輯有《劉越石集》。

④ 盧諶(284—351)，字子諒，晉范陽涿(今河北涿州)人。與劉琨交厚，曾擔任其從事中郎。清敏有才思，好老莊，善寫文章。有《贈劉琨》《答魏子悌》《覽古》《時興》等詩作傳世。著有《祭法》《莊子注》及文集，已佚。

⑤ 郭璞(276—324)，字景純，晉河東聞喜(今屬山西)人。官著作佐郎，後爲王敦記室參軍，以勸阻敦起兵被殺。後贈弘農太守。好經書，擅辭賦，通陰陽、曆算、卜筮之術。詩作以《遊仙詩》爲代表，"假棲遁之言，而激烈悲憤，自在言外"(劉熙載《藝概》)。曾爲《爾雅》《方言》《楚辭》《山海經》《穆天子傳》等書作注。明人輯有《郭弘農集》。

⑥ 楊方，字公回，東晉會稽(今浙江紹興)人。官至高凉(一作"梁")太守。著有《五經鉤沉》《吴越春秋削繁》及文集，已佚。今存《合歡詩》五首，見於明覆宋本《玉臺新詠》、《樂府詩集》。一説後三首爲楊方之《雜詩》，而非《合歡詩》。

⑦ 《盤中詩》，古詩名。相傳東漢蘇伯玉出使在蜀，久而不歸，其妻居長安，思念伯玉而作此詩於盤中。因可回環盤旋識讀，故稱《盤中詩》。詩中多傷離怨别之辭。此詩作者存疑，一説爲晉傅玄的擬古之作。

⑧ 左貴嬪即左芬(約 253—300)，字蘭芝。左思之妹。少以才學出衆，晉武帝納入後宫，拜爲修儀，後升貴嬪。原有集，已散佚，今存《感離詩》《啄木詩》兩首詩。

⑨ 顔指顔延之(384—456)，字延年，琅邪臨沂(今屬山東)人。初仕晉，入宋后官至金紫光禄大夫。文章之美，冠絶當時，與謝靈運並稱"顔謝"。《詩品》稱其詩"尚巧思，體裁綺密；情喻淵深，動無虚發"。明人輯有《顔光禄集》。

謝騰聲。靈運之興會標舉(情興意會昂揚高亢),廷年之體裁明密(清晰周密),並方軌前秀(與前代優秀作家並駕齊驅),垂範後昆(後代子孫)。"余觀延年之詩,叙事明暢,用字險澀,蓋雅之流變也。謝靈運之詩,時含玄理,而雕琢似雅,然亦多叙述山水,劉彦和《文心雕龍·明詩》篇所謂"老、莊告退,而山水方滋,儷采百字之偶,争價一字之奇"者也。太史公曰:"《詩》記山川、谿谷、禽獸、草木、牝牡、雌雄,故長於風。"靈運之詩,殆亦風之流變歟?謝瞻①、惠連②,亦質近靈運。鮑照③之詩,杜工部稱其俊逸,(杜甫《春日憶李白》:"清新庾開府,俊逸鮑參軍。")吾觀五言之作,感慨蒼凉,殆同變雅;七言樂府,情思纏綿,殆同變風(指《國風》中周政衰落時期的作品,與治世所産生的正風相對)。自餘范曄④、吴邁遠⑤、袁淑⑥、王微⑦之徒,亦近乎風之流變。宋詩人之可論者,唯此而

---

① 謝瞻(387—421),字宣遠;一名檐,字通遠。陳郡陽夏(今河南太康)人。初仕晉,入宋後官至豫章太守。善於文章,辭采之美,與族叔謝混、族弟謝靈運相抗。原有集,已散佚。

② 惠連即謝惠連(397—433),陳郡陽夏人。謝靈運族弟,二人並稱"大小謝"。官劉宋王府法曹行參軍。曾作《雪賦》,以高麗見奇。《詩品》稱其"才思敏捷,工爲綺麗歌謡,風人第一"。明人輯有《謝法曹集》。

③ 鮑照(約 414—466),字明遠,東海(治所在今山東郯城北)人。曾任劉宋前軍參軍,世稱"鮑參軍"。鮑照工詩、賦、駢文,尤長於樂府和七言歌行。明人輯有《鮑參軍集》。

④ 范曄(398—445),字蔚宗,順陽(治所在今河南淅川南)人。晉末任參軍,入宋後官至太子詹事。少好學,博涉經史,善爲文章,能隸書,曉音律。著有《後漢書》,爲前四史之一。又有集,已散佚。《詩品》稱其詩"鮮舉"(意即鮮明挺拔),然今僅存《臨終詩》《樂游應詔詩》兩首。

⑤ 吴邁遠(?—474),南朝宋詩人。官至奉朝請、江州從事。《詩品》稱其"善於風人答贈"。原有集,已散佚。今存詩十餘首,多爲樂府詩,主要寫離情别緒。

⑥ 袁淑(408—453),字陽源,陳郡陽夏人。官至劉宋太子左衛率,追贈侍中、太尉。少有風氣,博涉多通,能詩善賦,辭采遒艷。明人輯有《袁陽源集》。

⑦ 王微(415—453),字景玄。琅邪臨沂(今山東臨沂)人。官至劉宋太子中舍人,後屢征不就。博學多才,擅長詩文書畫。《詩品》稱王微、袁淑等人之詩"殊得風流媚趣"。原有集,已散佚。

已。其《碧玉》《華山畿》《讀曲歌》《莫愁樂》《烏夜啼》(均載《樂府詩集·清商曲辭》)等,真風之正派也。

齊之詩人,謝朓[1]特秀,清音麗曲,蓋近乎風。自茲以降,若梁之沈約、江淹[2]、范雲[3]、任昉[4]、柳惲[5]、吴均[6],陳之徐陵[7]、江總[8],隋之煬帝、盧思道[9]、薛道衡[10],並吟風弄月,體重綺靡,均風之流變也。唯北周庾信[11],感傷忘國,其辭雖麗,而指陳興廢,實

---

① 謝朓 tiǎo(464—499),字玄暉,陳郡陽夏人。曾任南齊宣城太守、尚書吏部郎等職。後世與同族謝靈運對舉,亦稱"小謝"。詩作以描寫山水風景見長,風格秀麗清新。後人編有《謝宣城集》。

② 江淹(444—505),字文通,濟陽考城(治所在今河南民權)人。歷仕宋、齊、梁三朝,官至金紫光禄大夫。工詩賦文,其詩長於擬古,辭賦以《恨賦》《别賦》最爲著名。明人輯有《江文通集》。

③ 范雲(451—503),字彦龍,南鄉舞陰(今河南泌陽)人。歷仕宋、齊、梁三朝,官至吏部尚書。《詩品》稱其詩"清便宛轉,如流風迴雪"。原有集,已散佚。

④ 任昉(460—508),字彦昇,樂安博昌(治所在今山東博興縣南)人。歷仕宋、齊、梁三朝,官至新安太守。《詩品》稱其詩"善詮事理,拓體淵雅,得國士之風"。明人輯有《任彦昇集》。

⑤ 柳惲(465—517),字文暢,河東解(治所在今山西臨猗縣)人。初仕齊,入梁官至吴興太守。其詩以善寫景著稱,風格清新流麗。著有《清調論》《棋品》及文集,已佚。

⑥ 吴均(469—520),字叔庠,吴興故鄣(治所在今浙江安吉)人。官至梁奉朝請。通史學,工詩文,善於寫景。著有《續齊諧記》等,明人輯有《吴朝請集》。

⑦ 徐陵(507—583),字孝穆,東海郯(今山東郯城)人。歷仕梁、陳,官至左光禄大夫、太子少傅。與庾信齊名,詩文辭藻綺麗,號"徐庾體"。編有《玉臺新詠》,後人輯有《徐孝穆集》。

⑧ 江總(519—594),字總持,濟陽考城人。仕梁、陳、隋三朝。陳時官尚書令,世稱"江令"。詩長於七言,爲宫體詩代表作家之一。明人輯有《江令君集》。

⑨ 盧思道(約 531—582),字子行,范陽(治所在今河北涿州)人。歷仕北齊、北周、隋三朝。北周時官武陽太守,入隋後官至散騎侍郎。其詩長於七言,注重用典,多遊宴酬贈之作。明人輯有《盧武陽集》。

⑩ 薛道衡(540—609),字玄卿,河東汾陰(今屬山西)人。歷仕北齊、北周、隋三朝,官終司隸大夫。其詩辭藻華艷,邊塞詩較爲雄健。明人輯有《薛司隸集》。

⑪ 庾信(513—581),字子山,南陽新野(今屬河南)人。歷仕南梁、西魏、北周。官至驃騎大將軍、開府儀同三司,世稱"庾開府"。創作風格分爲前後兩個階段:早期在梁,多爲宫體之作,以綺豔輕靡著稱;後期寓居,常作鄉關之思,則顯沉鬱蒼涼之氣。明人張溥輯有《庾開府集》,序中稱:"史評庾詩'綺豔',杜(轉下頁注)

變風之遺焉。

詩至於唐，可謂極盛。初唐之世，如王、楊、盧、駱（以上爲初唐四傑：王勃、楊炯、盧照鄰、駱賓王）、沈[①]、宋[②]之徒，亦承六朝之餘波，多風人之遺響。太白（即李白，字太白）《古風》云：

> 《大雅》久不作，吾衰竟誰陳？《王風》委蔓草，戰國多荆榛（zhēn。泛指叢生灌木，此處形容荒蕪）。龍虎相啖食，兵戈逮狂秦。正聲何微茫，哀怨起騷人。揚（揚雄）、馬（司馬相如）激頹波，開流蕩無垠。廢興雖萬端，憲章（指詩之法度）亦已淪。自從建安來，綺麗不足珍。聖代（指李唐王朝）復元古，垂衣（意謂垂衣裳拱手，無爲而治）貴清真。群才屬休明（美好清明，此指盛世），乘運共躍鱗。文質相炳焕，衆星羅秋旻（mín。秋天）。

太白謂唐詩一反六朝綺麗之習，其實非然。且綺麗亦風人之遺，豈可厚非哉！唯陳子昂出，稍變風人之體，而歸於雅，韓退之（即韓愈，字退之）所謂"國朝盛文章，子昂始[③]高蹈"（《韓愈集·薦士》）者也。蓋唐承六朝之習，多尚風體，物窮則變，故以雅體爲高，其實各有攸（所）當，不能執此廢彼也。有唐詩人，多如牛毛，難可具論，約而言之，杜甫之"詩史"，雅之流變也。岑（指岑參）、高（指高適）二家亦近之。王維、孟浩然、韋應物，清宛可風，風之流變

（接上頁注）工部又稱其'清新''老成'，此六字者，詩家難兼，子山備之。"

① 沈指沈佺期（約656—713），字雲卿，唐代相州内黄（今屬河南）人。官至太子少詹事。工於律體，與宋之問齊名，時號"沈宋"。多宫廷應制之作，未免緣情綺靡，但亦不乏風骨遒高、情韻豐厚之作。明人輯有《沈佺期集》。

② 宋指宋之問（約656—約712），一名少連，字延清，唐代汾州（今山西汾陽）人，一説虢州弘農（今河南靈寶）人。官至考功員外郎。與沈佺期齊名，時號"沈宋"。其詩"雅壯多風，往往清拔，固不爲俳體輕靡"（錢基博《中國文學史》）。明人輯有《宋之問集》。

③ 始，原作"獨"，據《韓愈集》改。

也。李太白之蕭灑豪逸，則雅而風者也。韓愈之詰屈聱牙，雅、頌之遺也。温(指温庭筠)、李(指李商隱)以降，晚唐諸家，大底均風之流變矣。

如上來(猶上述)所論，自三百以降，雖各體紛繁，要不外風、雅、頌三派。其流别之界，蓋顯然如涇渭之分焉。至於宋人，則體變日甚，而風、雅、頌三體，乃樊然(紛亂貌)殽亂，不復能分矣。蓋與其説某人屬風，某人屬雅，某人屬頌，不如説某人爲李，某人爲杜，某人爲韓矣。吾嘗謂宋人之學，舉不能出乎唐人之範圍：書不能外乎顔(指顔真卿)、柳(指柳公權)、歐(指歐陽詢)、虞(指虞世南)，文不能外乎韓(指韓愈)、柳(指柳宗元)，詩不能外乎李(指李白)、杜(指杜甫)、韓(指韓愈)、白(指白居易)及温(指温庭筠)、李(指李商隱)諸家。且復變本加厲，糅而雜之，故範圍愈大，徑塗愈亂，孰風孰雅，殆有不能强定者矣。此不足爲宋人病。可以見詩之變，至宋而益甚耳。

蓋嘗論之，自三百篇以後，至於唐人，要不外於風、雅、頌三體。今試列表如下，以明歷代詩體之流變所在焉。

朝代	人名或篇名	流變
周末	屈原《離騷》	雅、風
	《九歌》	風
	宋　玉	風
漢	《郊祀歌》	頌
	《天馬歌》	頌
	《古詩十九首》	風
	樂　府	風
	韋　孟	雅
	韋玄成	雅
	梁　鴻	雅
	班　固	頌

（續表）

朝代	人名或篇名	流變
漢	張　衡	風
	秦　嘉	風
	徐　淑	風
	蔡　琰	雅
三國	曹　操	雅
	曹　丕	風
	曹　植	雅
	曹　叡	風
	王　粲	雅
	陳　琳	雅
	劉　楨	雅
	阮　瑀	雅
	徐　幹	風
	繁　欽	風
	繆　襲	雅、頌
	應　璩	雅、風
	嵇　康	雅
	阮　籍	風
晉	張　華	風
	傅　玄	風
	束　晳	雅
	陸　機	風
	潘　岳	風
	陸　雲	雅
	鄭　豐	雅
	孫　拯	雅
	左　思	雅

（續表）

朝代	人名或篇名	流變
晉	張　載	雅
	張　協	風
	曹　攄	雅
	劉　琨	雅
	盧　諶	雅
	楊　方	風
	陶　潛	風
	蘇伯玉	風
	左貴嬪	風
宋	謝靈運	風
	顔廷年	雅
	謝　瞻	風
	謝惠連	風
	鮑　照	雅、風
	范　曄	風
	吴邁遠	風
	袁　淑	風
	王　微	風
齊	謝　朓	風
梁	沈　約	風
	江　淹	風
	范　雲	風
	任　昉	風
	柳　惲	風
	吴　均	風
北周	庾　信	雅
陳	徐　陵	風
	江　總	風

（續表）

朝代	人名或篇名	流變
隋	煬　帝	風
	盧思道	風
	薛道衡	風
唐	王　勃	風
	駱賓王	風
	盧照鄰	風
	楊　炯	風
	沈雲卿	風
	宋之問	風
	陳子昂	雅
	杜　甫	雅
	高　適	雅
	岑　參	雅
	王　維	風
	孟浩然	風
	韋應物	風
	李太白	風、雅
	韓　愈	雅、頌
	温飛卿（即温庭筠，字飛卿）	風
	李商隱	風

觀上表，則古來作者屬風之流派者最多，雅次之，頌爲最少。其雅體亦以變雅之體爲多，正雅者甚少。蓋頌揚之體，已屬於頌，《文心雕龍》謂賦本六義附庸，而蔚爲大國，[①]唯頌亦然。故古來稱頌功德者，已别詩而入於頌。此詩之屬於頌體者少，其故

① 見《文心雕龍・詮賦》："然則賦也者，受命于《詩》人，而拓宇於《楚辭》也。於是荀况《禮》《智》，宋玉《風》《鈞》，爰錫名號，與詩畫境，六義附庸，蔚成大國。"

一也。今各家詩集,固有頌揚功德之詩,而言近獻諛,詞實難工,不足齒數。此詩屬之屬於頌者少,其故二也。

然則詩之正宗,殆以風、雅爲本。古今之詩,唯此二派爲大宗。風主抒情寫景,詞主風喻;雅主憂國傷時,詞主切直。自漢以來,風體特盛。唯曹操、曹植崛起漢末,獨開變雅之風。王(指王粲)、陳(指陳琳)、應(指應璩)、劉(指劉楨),一時俱起。自晉以降,風體又盛。惟劉琨、盧諶爲變雅之領袖,庾信繼之。至唐之杜甫,遂集變雅之大成,後人爲之,無以復加矣。

《國風述學》序

余討究《詩經》，至此第四次矣。其討究之法，亦大約四變。第一次蓋專重本文，而欲佐以經子古說，與夫諸本文字異同，及古今批評家言，以通其大義也。曾著《詩經正葩》，其叙例如下：

《詩經正葩》叙例[①]

嘗讀《孟子》書，謂"王者之迹息而《詩》亡，《詩》亡而後《春秋》作"，未嘗不深怪。夫《詩》道之盛衰，其關係於世運之治亂，何如此其鉅(同"巨")也！其後反覆讀《詩》，深思其要。然後知《詩》之爲《詩》，不外乎忠厚之道。《詩》道之盛衰，即忠厚之道有盛衰，則其關於世運治亂之大，不亦宜哉！

夫然，故古之君子，未有不精於《詩》者。若夫左氏、孟氏、荀氏諸大儒，則其尤較然(顯著)其也。蓋孔子之道，以温、良、恭、儉、讓爲主。(語本《論語・學而》："子貢曰：'夫子温、良、恭、儉、讓以得之。夫子之求之也，其諸異乎人之求之與？'")而《詩》之爲教，亦以温柔敦厚爲宗。[②] 温柔敦厚者，忠厚之道也。故孔門教育，獨於

① 叙例，原作"叙列"，據上下文改。

② 見《禮記・經解》："孔子曰：'入其國，其教可知也。其爲人也温柔敦厚，《詩》教也；疏通知遠，《書》教也；廣博易良，《樂》教也；絜静精微，《易》教也；(轉下頁注)

《詩》爲兢兢(小心謹慎貌)。其告伯魚(孔子之子孔鯉,字伯魚)曰:“不學《詩》,無以言。”又曰:“女爲《周南》《召南》矣乎?人而不爲《周南》《召南》,其猶正牆面而立也歟?”其教於家也以此,故其教於門人也亦以此。其言曰:“小子何莫學夫《詩》?《詩》可以興,可以觀,可以群,可以怨。邇之事父,遠之事君,多識於鳥獸草木之名。”其教門人也以此,故推而至於教於國人也亦以此。是以自衛反魯,首正雅樂。又推而至於爲政,亦莫不以此。故其言曰:“誦《詩》三百,授之以政,不達;使於四方,不能專對;雖多,亦奚以爲?”然則孔子之於《詩》,如此其重者,豈不以養情性、正人心,而爲君臣上下修齊治平之本哉?

夫詩者志也,忠厚之志也。昔三代之盛,上以忠厚待下,下以忠厚事上,上情得以下宣,下情得以上達,故上易爲而下易治也。逮三代之衰,君臣失道,頌聲雖寢(止息),而先王之澤猶未竭於天下,忠厚之志猶有存者。故其爲《詩》也,怨而不怒,憂而不迫,或“主文而譎諫”(《毛詩大序》),或“陳古以刺今”(《王風·大車·序》),發乎性情,止乎禮義。(語本《毛詩大序》:“故變風發乎情,止乎禮義。發乎情,民之性也;止乎禮義,先王之澤也。”)故“言之者無罪,而聞之者足戒”(《毛詩大序》)。非夫忠厚之化,烏能至於是乎?然自是以來,先王之澤已漸竭,王者之迹已漸息,《詩》道已日衰亡,而忠厚之道亦日已虧損,天下遂日以多故矣。故孔子閔(同“憫”)斯道之將墜,特於三千之中,擇其尤要者,存三百餘篇,以教天下後世。而其言《詩》之爲教,亦反覆致意如此,此豈樂爲迂闊(空遠而不切實際)哉?蓋逆知(預知)夫忠厚之道亡,而世必有人與人相食者也。

嗚呼!今茲之世豈其時乎?有世道之責者,方欲本乎孔門

(接上頁注)恭儉莊敬,《禮》教也;屬辭比事,《春秋》教也。’”

《詩》教之義，以忠厚之道，爲天下倡始；而天下之學者，方且非之笑之，以爲迂闊而不切於用。而豈知古聖賢立身之道，胥(皆，都)在乎是，而王化之興，實本乎忠厚之道乎？夫王澤既竭，而忠厚之道亡。孔子之作《春秋》，蓋痛忠厚之道將絶，而欲以賞罰匡邪正也；孔子之存《詩》，蓋悲王之澤遂竭，而欲以忠厚維人情也。然則《春秋》者，將以治人心於既亂之後。而《詩》者，乃欲維人情於未亂之前。《詩》之迂闊，其不以此歟？

僕自總角(古時兒童束髮爲兩結，向上分開，形狀如角，故稱總角。後因以借指童年)讀《詩》，汔(同"迄")今二十餘年矣。雖不肖無狀(没有功績)，然頗欲以《詩》教忠厚之道，倡於天下。而求之古籍，紛紜殽亂，鮮足以稱意者。故特爲之編撰是書，采録先秦諸子之説，次於每篇之後，而以《詩序》列於全書之末。蓋言其史則宗乎《序》，喻其理則宗乎周、秦。誠以《序》傳於漢，當有師承，而周、秦説《詩》，能不以辭害意，將使世之學者讀《序》，則知三百篇皆詩史，而讀周、秦諸家之説，則知三百篇皆修齊治平之格言、陶冶性靈之至道也。又其文法古奥，辭句葩麗，學者罕能明之，故復略録古今文法之説，列於上方，而時參以鄙見，命之曰《詩經正葩》，或亦談教育者不廢乎！

民國七年(1918)五月日，北流陳柱柱尊父序於廣西省立第二中學校。

(一) 是書采取《尚書》《儀禮》《禮記》《大戴禮》《孝經》《論語》《管子》《墨子》《晏子春秋》《國語》《左傳》《孟子》《荀子》《莊子》《國策》(即《戰國策》)《吕氏春秋》《韓非子》之説，共十七家，可見古人説《詩》之法。

(二) 凡采録周、秦之説，皆詳記其篇名，使學者易於尋考。學者讀此書而於周、秦諸家之《詩》學，亦略可見矣。

(三) 所引各條有同時引他篇詩之文，而因文筆上未宜分裂者,則既全録於此篇者,不重録於他篇,以免重複,但亦注明參考某篇某條;其所[1]引關係太多者,則别録一篇,名爲《雜篡》於全書之末。

(四)是書詳點,鄙人本用紅筆。所采各家之評語,皆書明姓名。關於音韻者,用△或○或×以别之。符號變改,即韵變改。其换韵多者,并以半横畫區分之。其餘諸家,鄧巢閣[2]本用緑[3]筆,徐退山[4]本用藍筆,劉海峰[5]本用黄筆。

(五)自來説《詩》者,聚訟紛紜,要當觀其會通,不宜入於偏見。然以漢、宋而論,漢儒去古未遠,師説相承,較爲可信。其齊、魯、毛、韓各家相異之處,則由孔子當日説《詩》,隨時立論,弟子所聞各異,而記載又各有詳略,互有得失也。宋儒之説,則臆説多矣。此書特存毛、鄭所傳《詩序》。三家遺説言及作詩之由者,則列於《序》上,以備參考。

(六)朱子解《詩》,余所不取。蓋其多以文害辭,以辭害意,往往傷於直,有失詩人婉而多諷之旨也。如《風雨》之詩,《序》云"思君子也",何等悽惋!而朱注云淫女見其所期者而作,(見朱熹《詩集傳》:"淫奔之女言當此之時,見其所期之女,而心悦也。")何其淫狎,而詩意索然矣!《子衿序》云"刺學校也",何等纏綿!而朱注云"亦淫奔之詩",又何其淫狎!由朱注而言,是《詩》爲名教之罪言,而詩人爲名教之罪人也,想亦朱子所不安矣。

---

① 其所,原作"所其",據文意乙正。

② 鄧巢閣即鄧翔(?—1870),字鳳翔,號巢閣,清廣東南海(在今廣東廣州)人。著有《詩經繹參》《易經引參》《知不足齋詩草》等。

③ 緑,原作"録",據陳起予《三書堂叢書提要》改。

④ 徐退山即徐與喬,字揚貢,號退山,清江蘇昆山人。其人博涉多識。編有《詩經輯評》《經史辨體》,著有《五經讀法》等。

⑤ 劉海峯即劉大櫆(1698—1780),字才甫,一字耕南,號海峰,安徽桐城人。詩文並工,才調獨出,與方苞、姚鼐並稱桐城派三祖。官黟縣教諭。編有《古文約選》《歷代詩約選》,著有《論文偶記》《海峰詩文集》等。

(七)《詩》之爲用,已如上文所言,而其留存古韵,使數千載後,得以識古音之所在。其有功於音學,實非淺鮮。此書於古音特爲之標出,讀是書可識古音之標準矣。

(八)《爾雅》《説文》及各書所引《詩經》異文,有關小學者,特爲之列入。其於小學,亦不無小補。

(九)舊本各《序》,在每篇之首,而題在後,並云:"若干章,若干句。"余以各《序》共爲一篇,置全篇之末,猶《史》《漢》之有《序傳》也。其目則移於各篇之首,蓋以周、秦經子各篇之名,亦均在篇首也。

(十)《孔子世家》稱古《詩》三千餘篇,今《詩序》可考者三百十一篇,而文存者三百五篇。兹録取周、秦所引《詩》文,不見於今者爲"逸詩録",都爲一卷,附於卷末,亦鳳毛虬甲之珍也。

第二次則欲明其原流,論其得失,於是乎有《詩明》之作。兹録其叙目如下:

《詩明》叙目

明指用

明删述

明《詩》體

明《詩序》

明誦讀

明《詩》樂

明音韵

附雜録

右《詩明》八篇,叙曰:

昔孔門治經,莫重於《詩》學。故《論語》一書,告門弟子以《詩》學者爲最多,而莊子論六經,亦以《詩》爲首,(見《莊子·天運》:"丘治《詩》《書》《禮》《樂》《易》《春秋》六經。")誠心知其意者也。

柱以不才，少承庭訓（《論語·季氏》記孔子在庭，其子伯魚趨而過之，孔子教以學《詩》《禮》。後因稱父教爲庭訓），學《詩》學《禮》，頗窺涯涘（sì。水邊，此指邊際、界限）。比年（近年）以來，謬掌教學。嘗以謂教學之道萬端，要以修身爲本；由修身而外之，則爲齊家、治國；由修身而内之，則爲正心、誠意。然則齊家、治國，修身之用也；正心、誠意，修身之基也。六經之道，胥不能外乎此而已。然則孔子云："温柔敦厚，《詩》之教也。"故陶冶性情，莫善於《詩》，是《詩》學者，又正心、誠意之最切要者也。故數年以來，訓育學者，嘗以"温柔敦厚"四字化其性情，而導之之道，頗以《詩》教爲重。意者温厚之風一盛，而狙詐（狡猾奸詐）之術或可少息，則今日國家之所以紛紛擾擾者，或可以稍止也。

故嘗爲之編撰《詩經正葩》，以示學者。庶幾可以讀其温柔敦厚之文，而油然生其温柔敦厚之心也。書既成，學者頗善之。然其於《詩》之原流，與夫諸家之論，尚闕而弗述。故竭數月之力，重有斯作，書凡八篇，先列古今學者之説，而後附以鄙見。雖未可謂備具，而於《詩》學之指要，大略明矣，故命之《詩明》云。

民國八年（1919）四月，北流陳柱。

第三次則以第一次所整理，而益張大其範圍，名《守玄閣詩學》。兹録其序例如下：

《守玄閣詩學》序例

柱自民國五年（1916），講學於蒼梧之郡（在今廣西梧州市）。閔人情之暴戾，痛風俗之澆薄。爰於明年，著《詩經正葩》，以教學者。閱一年畢業。又三年，承吾師唐蔚芝先生之命，講學於錫山，又以《詩經》教授。

客有過而言者，曰：

"昔聖人之經，至易明也。自秦漢以後，説經者愈多，而經旨愈晦。蓋當聖人之世，典章制度爲學者所習見，方言雅詁（猶訓詁)爲學者所習聞,政治風俗爲學者所習悉,歷史地理爲學者所習知,初無待於注疏也。故孔門於《詩》,惟本諸國史以爲《序》,因《序》以求《詩》,則其微詞宏旨,學者自能得之。

"自春秋以後,去聖人之世漸遠。降及秦漢,古人之典章文物已蕩焉無存,而言語政化亦隨古今而異。於是昔日學者所習知之事物、易通之言語,而後世學者不能無所扞 hàn 格(互相抵觸)。於是説《詩》者遂有魯、齊、韓之異,而《詩》學遂歧矣。然漢儒去聖人之世猶未遠,師説相承,猶有聖人遺意。大毛公(魯人毛亨)生於六國,依《序》作《傳》,所得尤多,以授趙人小毛公(趙人毛萇),是爲《毛詩》之學。鄭君先通三家,後箋《毛傳》,異同之際,雖有可觀,詩人之旨,不無迂曲。

"至唐孔氏(孔穎達)作義疏,或誣鄭爲破毛,或强毛以從鄭,而立説愈繁,《詩》義愈亂矣。自是以後,鄭漁仲[1]倡爲異説,歐陽永叔亦時出新意,朱晦菴(即朱熹,號晦菴)繼之,遂開門户之争。於是彼以爲刺甲者,此則以爲美乙;彼以爲代賦者,此則以爲自歌;彼則以爲思賢者,此則以爲淫奔。於是疑經削《詩》之説紛然以起,而《詩》學遂以危矣。

"至於遜清(清王朝以宣統皇帝遜位而告終,故稱遜清),遂立漢學之目,或申毛,或疏鄭,皆以明宋儒誣經之誤,而《詩》學號稱中興。然爲宋儒義理之學者,亦復盛稱朱子,號爲宋學,各立旗幟,相攻匪已。雖復間有發明,而末流之失,師心自用(以心爲師,自以爲是),變本加厲,爲書愈多,學之愈難。於是昔日之書,小子後生所能通習者,則今日白首之儒,亦有不能明。於是學士望洋(望洋興歎),裹足不進。始則以經爲難通,尊而不敢學;繼則經爲

① 鄭漁仲即鄭樵(1104—1160),字漁仲,宋興化軍莆田(今屬福建)人。官至樞密院編修。著有《通志》《夾漈遺稿》《爾雅注》《詩辨妄》《六經奥論》等。

無用,賤而不屑求。而《詩》教遂將亡矣。

“吾子生丁(逢)亂世,傷經學之不倡,悼《詩》教之已隊(同“墜”),本韓子‘《詩》正而葩’(《進學解》)之旨,爰有《詩經正葩》之著。博采先秦諸子説《詩》之言,以見其正;詳録文法、音韵之要,以見其葩;而獨載《毛詩古序》一篇,於全詩之末,以明其本;復略擇三家之説,列於古《序》之上,以著其異;其餘諸家之説,均所不載,以去其亂。使學者執簡御繁,明要達用,引而不發,思而自明,無積歲之勞,有通經之效。

“《記》曰:‘枉而直之(意謂民有邪枉而使之改正),使自得之;優(寬)而柔之,使自求之;揆而度之(意謂量民之材而施教之),使自索之。’(《大戴禮記·子張問入官》)意者不其然歟?雖然,此精思守約之士之所爲也,訓詁制度之不詳,則初學之士或將憚其苦,今古異同之説不辨,則好博之士無所肆其才。而廣備群書,以供博覽,則匪惟訪求之爲難,抑亦歲時之不給。吾子雅好博觀,深恥一孔(即一孔之見),何不備列古今,精辨漢、宋,别爲撰著,蔚爲大觀?使學者無廣搜群書之苦,而坐獲群書之用;無徧覽群書之勞,而坐獲群書之益。與前著相輔而行,庶幾博聞約要,各有取焉,不亦優乎?”

杜曰:“然。”於是博采群書,網羅放失,上自經子,中至漢、晉,下迄唐、宋、明、清,以及近世諸儒之説,靡不廣采。舉凡(凡是)微言大義,考證義理、文法、音韵,古今漢、宋異同之説,靡不精擇。雖以《毛序》爲本,而毛、鄭之迂曲者不敢苟同;雖以宋儒考《序》之説爲非,而解釋之簡明者不敢没其美。誠以學問至公,經學至博,非一説所能盡,亦非一家所能得私。學者倘能因其異而求其同,則殊塗而同歸矣;倘能因其同而求其異,則一致而百慮矣。(語出《易·繫辭下》:“天下同歸而殊塗,一致而百慮。”孔穎達疏:“一致而百慮者,所致雖一,慮必有百,言慮雖百種,必歸於一致也。”)

書將成，舉以示客。客曰："善。昔孔子之學，最重博約。楊子雲最得其意，故其言曰：'多聞則守之以約，多見則守之以卓。寡聞無約，寡見無卓。'(揚雄《法言・吾子卷》)蓋非博則無以爲約，無約則安用博哉？君既有此書之博，又有前書之約，是亦孔門博文約禮之意也夫。《詩》學之興，庶有賴焉。"

客退。因書以爲序，以明撰述之緣起。因復歎而稱曰：

"雖然，此其末焉者爾。昔孔子有言：'《詩》可以興，可以觀，可以群，可以怨。邇之事父，遠之事君，多識於鳥獸草木之名。'夫學《詩》之本，其在於興、觀、群、怨、事父、事君今當移於國。之道乎。倘此之不能，而徒矜夫訓詁名物以爲博，漢、宋異同以爲辨，則亦猶多識鳥獸草木之末而已，而《詩》之本不在是也。《詩》之本在乎興、觀、群、怨、事父、事君，而興、觀、群、怨、事父、事君之道雖不一，一言以蔽之，亦曰情而已矣。'先王有不忍人之心(意謂先王對別人不忍心，即對人惻隱憐恤)，斯有不忍人之政'(《孟子・公孫丑上》)；聖賢有不忍人之情，斯有不忍人之言。以其有所不忍，故委曲以永歎之，反覆以開悟之，自怨以感動之，痛哭以告訴之。焦氏理堂(即焦循，字理堂)所謂'不言理而言情，不務勝人而務感人'(焦循《毛詩補疏・序》)者也。

"是故，'我思古(通"故")人，俾無訧(同"尤"，過錯)兮'(《國風・邶風・綠衣》)，此賢婦不忍其夫之情也。推之于夫婦而皆如此，則閨門之内，安有仳㒧(又作"仳離"。離別，此指婦女被遺棄。典出《國風・王風・中谷有蓷》："有女仳離，慨其歎矣。")之怨者乎？'母氏聖善，我無令(善)人'(《國風・邶風・凱風》)，此孝子不忍其母之情也。推之於父子兄弟而皆如此，則家庭之内，安有不慈不孝之行者乎？'静言思之，不能奮飛'(《國風・邶風・柏舟》)，此仁人不忍去國之情也。推之於一國之人而皆如是，則安有賣國事仇之辱乎？'昔也日闢國百里，今也日蹙(cù，縮减)國百里'(《大雅・召旻》),此志士不忍國土之削也。推之一國之人而皆如此,則安有割地喪權之恥乎?‘行道遲遲,載渴載饑。我心傷悲,莫知我哀’(《小雅·采薇》),此聖王不忍於將率之情也。‘匪載匪來,憂心孔(很)疚。期逝不至,而多爲恤(憂思)’(《小雅·杕杜》),此聖王不忍於戍役之情也。推之爲國者而皆如此,則安有窮兵黷武、蠹國殃民之舉乎?‘挑兮撻兮(挑撻指往來貌。撻,一本作“達”),在城缺(又作“城闕”。城門兩邊的望樓)兮。一日不見,如三月兮’(《國風·鄭風·子衿》),此詩人不忍少年失學之情也。‘已焉哉!天實爲之,謂之何哉’(《國風·邶風·北門》),此詩人不忍賢人不遇之情也。推之爲國者而皆如此,則安有摧殘教育、遺棄人材之事乎?

“太史公曰:‘《詩》三百篇,大抵皆聖賢發憤之所爲作也。’(《漢書·司馬遷傳·報任安書》)蓋以其不忍之情,發憤而出之,美刺之詞雖異,不忍之情則同。然則今之學《詩》者,讀古人發憤之詞,而不能慨然興起其不忍之情,以施於身心家國者,皆無有得於《詩》之本者也。其學愈博,其心愈雜,亦適足以見其逐末而已。此柱之所諄諄忠告者也。”

民國十一年(1922)八月,北流陳柱序於錫山尊經閣。

古來説《詩》之書,或專訓故,或專音韵,或專義理,或專文章,凡此之類,皆顧此失彼。兹編共分九類:於經文之後,首録“經子集説”,次《毛詩古序》,又次“三家遺説”,又次《朱子集傳》,又次“學《詩》耦(偶)記”,又次“訓詁略録”,又次“音韵略説”,又次“文學評語”,又次“諸家考異”。學《詩》之要,大略備矣。每類均分類標明,俾易尋究。惟“文學評語”書於上方,“諸家考異”書於每章之下,更便省覽。

是書采録群經及先秦諸子之説,如《尚書》《周禮》《大、小戴禮記》《孝經》《論語》《管子》《墨子》《晏子春秋》《國語》《左傳》《孟子》《荀子》《莊子》《國策》《吕氏春秋》《韓非子》,共十餘種,命之曰"經子集説"。先秦人説《詩》之家法,可備見矣。

或謂古《序》本爲一篇,在全經之後,猶太史公書之《叙傳》也。今考其文字承接處,此言甚允。玆編以便於研尋之故,仍分録之,次於每篇"經子集説"之後;而於全書之末,仍録爲一篇,以復其舊,且以便於誦讀。學者毋譏其複焉可也。

所録魯、齊、韓三家遺説,取其關於詩篇之大義者,名曰"三家遺説";至其説之關於訓詁者,則略具於"訓詁略録";其關於文字之異同者,則略具於"諸家考異"。三家傳授詳《詩明》及《詩經文選》①。

凡"經子集説"及"三家遺説",皆録其前後之文,非好繁也。不觀上下之文意,則諸家説《詩》之宏意眇(miǎo,深遠)旨,不可得也。或有一條之中,同引他篇之文,而因文意未宜割裂者,則既全録於此篇者,不重録於他篇,但書明參考某篇某條而已。其總論全經大義者,别爲一篇,名曰《總纂》,列於全書之末。

古《序》以外,"經子集説""三家遺説",爲《詩》學之最重要者。玆編旁收博采,已十備八九,學者所最宜反覆留意者也。

自來説《詩》,聚訟紛紜,要當觀其會通,不宜入於偏見。然以漢、宋而論,漢儒去古未遠,師説相承,較爲可信。其魯、齊、韓、毛相異之故,則一者由於孔子當日説《詩》,隨時立論,諸子所聞各異,而記載又各有詳略,數傳以後,遂有得失,二者由於古人賦詩,或爲自作,或賦他人之作,苟情志之相同,不必言由己出。故諸家記載,遂有岐異。學者倘能因其異而究其同,則思過半矣。

朱子説《詩》,有戾孔子"《詩》無邪"之旨,啓王柏削經之議,

---

① 《詩經文選》,見陳柱《守玄閣詩學序例》:"《詩明》之外,復選古今學者文,凡關於《詩經》微言大義以及考證、義理、詞章之犖犖大者,都爲一集,共爲四册,以爲治《詩》之助,而鄙人所著,亦間有録焉。"原注:"名曰《詩經文選》。"

余所不取。然自宋以來,久爲學者所傳誦,不可不參考者也,故附録之。

鄙人往時讀《詩》,略有會心,隨筆記録。或采先儒之説,或間書鄙見,或辨正古人,或疏明同異,體例不一,然大抵皆辨明大義者也。名曰"學《詩》耦記"。兹並録之,以質讀者。

《詩》文古奥,非通訓詁不能明其詞意。兹所輯録,漢、唐以外,以清儒之説爲最夥(huǒ,多)。疏通證明,訓詁之精華略備矣。名曰"訓詁略録"。其鄙人一得之愚,亦時附入。

《詩經》爲後世音韵之祖。自陳氏[①]、顧氏(指顧炎武)以後,戴氏[②]、孔氏[③]、江氏[④]、王氏(指王念孫)、段氏(指段玉裁)諸家繼起,言之益精。至日照丁以此[⑤],而《詩》韵之發明尤爲詳備。兹略采諸家,附以鄙見,爲"音韵略説",逐章分疏。所謂韵者,有末字韵,此有二,有間句,有連句也;又有第一字韵,此亦有二,亦有間句、連句也;又有第二字、第三字等韵,此有二,亦有間句、連句

---

① 陳氏指陳第(1541—1617),字季立,號一齋,明福建連江人。精通五經,尤長於《詩》《易》。著有《伏羲圖贊》《尚書疏衍》《毛詩古音考》《讀詩拙音》《屈宋古音義》《一齋詩集》等。

② 戴氏指戴震(1724—1777),字東原,號杲溪,清安徽休寧(今屬安徽黄山)人。曾任《四庫全書》纂修官。長於考辨,尤精小學。著有《毛鄭詩考正》《杲溪詩經補注》《考工記圖》《孟子字義疏證》《七經小記》《聲韻考》《聲類表》《原善》等,後人編爲《戴氏遺書》。

③ 孔氏指孔廣森(1752—1786),字衆仲,一字撝約,號顨軒,清山東曲阜人。師從戴震等名家,專力經史小學,尤精聲韻,又善駢文。著有《詩聲類》《禮學卮言》《大戴禮記補注》《公羊春秋經傳通義》《經學卮言》《駢儷文》等,編入《顨軒孔氏所著書》(又名《儀鄭堂顨軒全集》)。

④ 江氏指江永(1681—1762),字慎修,清安徽婺源(今屬江西)人。博通古今,深究三《禮》,精於音理。著有《禮書綱目》《周禮疑義舉要》《音學辨微》《古韻標準》《四聲切韻表》《律吕闡微》《春秋地理考實》《近思録集注》等。

⑤ 丁以此(1846—1921),字竹筠,山東日照人。對音韻學和文字學頗具研究,著有《毛詩正韻》《毛詩韻例》《毛詩字分韻》《古合韻表》《論韻隨筆》《楚辭韻證》《批讀毛詩全書》等。

也；又有疊韵，此有四，有上疊，有下疊，有上間字疊，有下間字疊也；又有三疊韵、四疊韵等，此亦有四，亦有上下疊、上下間字疊也；又有同韵，有連句同韵，間句同韵也；有上同韵，下同韵也；有上間字同韵，下間字同韵也；又有雙聲，有上雙聲，下雙聲也；有上間字雙聲，下間字雙聲也。凡言韵者，均著明《説文》从某聲，古音第某部。論《詩》韵之詳，前此當無過於此者。《詩》聲之妙，可以略見矣。

文章天成，妙手自得，古人作文，豈如後世之拘守繩墨？然古人文心之妙，一經點明，則學者之興趣益佳。茲編采録文學評語，附以鄙見，列於上方。若以爲明人空疏之習，則吾知過矣。

文字異同，關於訓詁、義理、詞章者甚巨。茲録諸家異同之文字，爲"諸家考異"。上自周、漢，下迄近代敦煌新出唐人寫本，列於每章之下，以資研繹。

觀此，則第三次與第一、第二之兩次之整理，其異同可見矣。《守玄閣詩學》既成，錫山唐蔚芝師爲之叙，其略曰：

> 粤西北流陳子柱尊，佐余治無錫國學專修館，以《詩經》教授諸生，著《守玄閣詩學》。既成，問序於余，余受而讀之。采輯之富，凡一百八十餘家。辨正古人之説，凡千數百條，爲書都一百數十卷。歎曰：博矣哉！古未嘗有也。然而要歸於約。下略。

《詩學》（即《守玄閣詩學》）卷帙浩繁，未易刊布，且料今之學者，無日力以讀之；故亦不欲問世，唯藏之家塾而已。今承大夏大學及中國公學大學部之委，爲諸生講授《國風》。爰以舊日所獲，重加論定，名曰《國風述學》。分爲上、下兩篇，上篇名曰《國風選釋》，其凡例如下：

（一）《詩》參：即前書之“經子集説”。以其雖斷章取義，而《詩》之古義可以參見，故曰《詩》參。

（二）《詩序》：即《毛詩古序》。

（三）《詩》遺：即“三家《詩》遺説”。比《詩學》稍有節省，省稱之曰“《詩》遺”。

（四）《詩》詁：即《詩學》之“訓詁略録”，比前稍有删改。

（五）《詩》韵：比《詩學》略有删改。

（六）《詩》旨：將《詩學》之“學《詩》耦記”，重加整理，削繁就簡，務明大旨。

（七）《詩》法：凡批評《詩》之作法及其美惡者屬之。

此外各家文字異同，亦録於本文之下，以備參考。要之，與《詩學》異者唯詳略耳。下篇名曰《國風通論》，範圍則比《詩明》爲小，議論則比《詩明》加詳，如是而已。至於古人之説，雖采之頗多，而駁正之者亦不少。采之多非矜博於人，欲以見古説之大略也；駁之衆非立異於古，欲以求《詩》學之真也。其諸謬誤，知所不免，從繩就正，期在君子。

民國十六年(1927)中秋日，北流陳柱柱尊父序於上海。

主要引用書目

《易圖略》,載《雕菰樓易學五種》,(清)焦循撰,鳳凰出版社2012年版。

《尚書故》,(清)吴汝綸著,中西書局2014年版。

《韓詩外傳集釋》,(漢)韓嬰撰,許維遹校釋,中華書局1980年版。

《詩本義》,(宋)歐陽修撰,載《儒藏·精華編》二四册,北京大學《儒藏》編纂與研究中心編,北京大學出版社2008年版。

《詩集傳》,(宋)朱熹著,上海古籍出版社、安徽教育出版社2002年版。

《吕氏家塾讀詩記》,(宋)吕祖謙撰,載《儒藏·精華編》二五册,北京大學《儒藏》編纂與研究中心編,北京大學出版社2009年版。

《詩疑》,(宋)王柏撰,中華書局1985年《叢書集成初編》本。

《詩三家義集疏》,(清)王先謙撰,中華書局1987年版。

《毛詩補疏》,載《雕菰樓經學九種》,焦循著,陳居淵主編,鳳凰出版社2015年版。

《詩札》,(清)毛奇齡撰,臺灣商務印書館文淵閣《四庫全書》影印本。

《讀風偶識》,載《崔東壁遺書》,(清)崔述撰著,顧頡剛編訂,上海古籍出版社 1983 年版。

《毛詩傳箋通釋》,(清)馬瑞辰撰,中華書局 1989 年版。

《毛詩後箋》,(清)胡承珙撰,黄山書社 1999 年版。

《詩毛氏學》,(清)馬其昶著,上海古籍出版社《續修四庫全書》本。

《大戴禮記》,(漢)戴德撰,(北周)盧辯注,中華書局 1985 年《叢書集成初編》本。

《論語後案》,(清)黄式三著,載《黄式三全集》,上海古籍出版 2014 年版。

《鄭志疏證》,(漢)鄭玄撰,(三國魏)鄭小同編,(清)皮錫瑞疏證,載《皮錫瑞全集》,吴仰湘編,中華書局 2015 年版。

《十三經注疏》,(清)阮元校刻,中華書局 1980 年影印本。

《十三經注疏》,李學勤主編,北京大學出版社 2000 年版。

《説文解字注》,(漢)許慎撰,(清)段玉裁注,上海古籍出版社 1981 年版。

《史記》,(漢)司馬遷撰,(宋)裴駰集解,(唐)司馬貞索隱,(唐)張守節正義,中華書局 2014 年版。

《漢書》,(漢)班固撰,(唐)顔師古注,中華書局 1960 年版。

《新唐書》,(宋)歐陽修、宋祁撰,中華書局 1975 年版。

《宋書》,(南朝梁)沈約撰,中華書局 1974 年版。

《國語集解》,徐元誥,中華書局 2002 年版。

《水經注校證》,(北魏)酈道元著,陳橋驛校證,中華書局 2007 年版。

《經義考新校》,(清)朱彝尊撰,林慶彰等主編,上海古籍出版社 2010 年版。

《太平御覽》,(宋)李昉等撰,中華書局 1960 年版。

《文獻通考》,(宋)馬端臨著,中華書局 2011 年版。

《管子校注》,黎翔鳳撰,中華書局 2004 年版。

《墨子校注》,吴毓江撰,中華書局 2006 年版。

《莊子集釋》,(清)郭慶藩撰,中華書局 1961 年版。

《荀子集解》,(清)王先謙撰,中華書局 1988 年版。

《韓非子集解》,(清)王先慎撰,中華書局 1998 年版。

《吕氏春秋集釋》,許維遹撰,中華書局 2009 年版。

《淮南子集釋》,何寧撰,中華書局 1998 年版。

《新語校注》,(漢)陸賈撰,王利器校注,中華書局 1986 年版。

《楚辭集注》,(宋)朱熹撰,上海古籍出版社、安徽教育出版社 2001 年版。

《樂府詩集》,(宋)郭茂倩編,中華書局 1979 年版。

《六臣注文選》,(南朝梁)蕭統編,(唐)李善等注,中華書局 2012 年版。

《方言疏證》,(西漢)揚雄撰,(晉)郭璞注,(清)戴震疏證,載《戴震全書》,黄山書社 2009 年版。

《文心雕龍校注通譯》,戚良德撰,上海古籍出版社 2008 年版。

《張衡詩文集校注》,(漢)張衡著,張震澤校注,上海古籍出版社 1986 年版。

《滋溪文稿》,(元)蘇天爵撰,中華書局 1997 年版。

《述學》,(清)汪中撰,載《儒藏・精華編》二七六册,北京大學《儒藏》編纂與研究中心編,北京大學出版社 2010 年版。

《先考明經公言行略》,(清)黄以周著,載《黄以周全集》,詹亞圖、韓偉表主編,上海古籍出版社 2014 年版。

《儆季雜著》,(清)黄以周著,載《黄以周全集》,上海古籍出版社 2014 年版。

《檢論》,章太炎著,載《章太炎全集》,上海人民出版社編,上海人民出版社 2014 年版。

《白虎通疏證》,(清)陳立撰,中華書局 1994 年版。

《劉端臨先生文集》,(清)劉台拱著,載《寶應劉氏集》,(清)劉台拱等著,廣陵書社 2006 年版。

《韓愈集校注》,馬其昶校注,上海古籍出版社 2014 年版。

《法言注》,(漢)揚雄撰,韓敬注,中華書局 2012 年版。

《全唐詩》,(清)彭定求等編,中華書局 1980 年版。

《考古編》,(宋)程大昌撰,中華書局 1985 年《叢書集成初編》本。

图书在版编目(CIP)数据

说诗文丛 / 陈柱著；潘林，吴时鼎校注. --上海：
华东师范大学出版社，2021
ISBN 978-7-5760-1268-2

Ⅰ. ①说… Ⅱ. ①陈…②潘…③吴… Ⅲ. ①《诗经》
—诗歌研究 Ⅳ. ①I207.222

中国版本图书馆 CIP 数据核字(2021)第 026636 号

华东师范大学出版社六点分社
企划人 倪为国

陈柱集
说诗文丛

著　　者　陈　柱
校 注 者　潘　林　吴时鼎
责任编辑　彭文曼
特约审读　饶　品
责任校对　古　冈
封面设计　吴元瑛

出版发行　华东师范大学出版社
社　　址　上海市中山北路 3663 号　邮编　200062
网　　址　www.ecnupress.com.cn
电　　话　021-60821666　行政传真　021-62572105
客服电话　021-62865537　门市(邮购)电话　021-62869887
地　　址　上海市中山北路 3663 号华东师范大学校内先锋路口
网　　店　http://hdsdcbs.tmall.com

印 刷 者　上海景条印刷有限公司
开　　本　890×1240　1/32
插　　页　2
印　　张　5.5
字　　数　105 千字
版　　次　2021 年 4 月第 1 版
印　　次　2021 年 4 月第 1 次
书　　号　ISBN 978-7-5760-1268-2
定　　价　48.00 元

出 版 人　王　焰

(如发现本版图书有印订质量问题，请寄回本社客服中心调换或电话 021-62865537 联系)